AS AVENTURAS DA CHINA IRON

As aventuras da China Iron

Gabriela Cabezón Cámara

traduzido por
Silvia Massimini Felix

finalista do
The 2020 International Booker Prize

© Moinhos, 2021.
Las aventuras de la China Iron
© Gabriela Cabezón Cámara, 2017.
© Penguin Random House Grupo Editorial S.A., 2020

Edição: Camila Araujo & Nathan Matos
Assistente Editorial: Karol Guerra
Revisão: Ana Kércia Falconeri e Tamy Ghannam
Capa: Sergio Ricardo
Projeto Gráfico e Diagramação: Luís Otávio Ferreira

Nesta edição, respeitou-se o Novo Acordo Ortográfico da Língua Portuguesa.

Dados Internacionais de Catalogação na Publicação (CIP) de acordo com ISBD

C172a

Cámara, Gabriela Cabezón

As aventuras de China Iron / Gabriela Cabezón Cámara ;
traduzido por Silvia Massimini Felix. - Belo Horizonte, MG : Moinhos, 2021.

176 p. ; 14cm x 21cm.

ISBN: 978-65-5681-092-8

1. Literatura argentina. 2. Romance. I. Felix, Silvia Massimini. II. Título.

2021-1738   CDD 868.99323   CDU 821.134.2(82)-31

Elaborado por Odilio Hilario Moreira Junior – CRB-8/9949

Todos os direitos desta edição reservados à Editora Moinhos
www.editoramoinhos.com.br
contato@editoramoinhos.com.br
Facebook.com/EditoraMoinhos
Twitter.com/EditoraMoinhos
Instagram.com/EditoraMoinhos

Para Karina Chowanczak
e Lola Cabezón García

Para Natalia Brizuela

PRIMEIRA PARTE

O DESERTO

Foi o brilho

Foi o brilho. O filhote pulava, luminoso, entre as patas poeirentas e ressecadas dos poucos cachorros que restavam por lá: a miséria alenta as rachaduras, esculpe-as; vai destroçando devagar, nas intempéries, a pele dos que nascem dela; transforma-a em couro seco e a esquarteja, impõe uma morfologia às suas criaturas. Mas ao filhote ainda não, ele irradiava a alegria de estar vivo, uma luz não atingida pela triste opacidade de uma pobreza que era, tenho certeza, mais falta de ideias do que de qualquer outra coisa.

Fome não tínhamos, mas tudo era acinzentado e polvorento, tudo era tão embaciado que quando vi o cãozinho soube o que queria para mim: algo radiante. Não era a primeira vez que eu via um filhote, inclusive já tinha parido minhas crianças, e não é que a planície nunca centelhasse. Refulgia com a água, revivia mesmo quando se afogava, toda ela perdia a monotonia, pululava de grãos, tolderias, índios em movimento, cativas libertadas e cavalos que nadavam levando seus gaúchos no lombo, enquanto à sua volta os dourados pulavam, velozes como raio, e disparavam para o fundo do rio, em meio à correnteza transbordante. E em cada fragmento desse rio que devorava suas próprias margens se espelhava um pouco do céu, e não parecia certo ver tudo aquilo, como o mundo inteiro era arrastado para uma voragem barrosa que caía lentamente e ia espiralando suas centenas de léguas rumo ao mar.

Primeiro lutavam homens, cachorros, cavalos e bezerros, fugindo daquilo que asfixia, daquilo que suga, da violência da água que nos mata. Algumas horas depois já não havia peleja, a manada se estendia ao longo do rio, chimarrão como o próprio rio era aquele gado já perdido, arrastado em vez de pastoreado, cambalhotando os carneiros e tudo o mais: as patas para cima, para a frente, para baixo, para trás, como piões em rotação; avançavam velozes e juntos, entravam vivos na água e saíam dela como quilos de carne putrefata. Era uma correnteza de vacas numa veloz queda horizontal: assim caem os rios na minha terra, com uma velocidade que ao mesmo tempo é um afundar-se, e assim volto ao pó que desde o início opacava tudo, e ao resplendor do cachorrinho que vi como se nunca tivesse visto algo assim e como se nunca tivesse visto as vacas nadadoras, nem seus couros relumbrantes, nem toda a planura refulgindo a luz como uma pedra banhada pelo sol do meio-dia.

Vi o cachorro e desde então não fiz outra coisa além de procurar aquele brilho para mim. Para começar, fiquei com o filhote. Chamei-o Estreya e assim ele continua se chamando, apesar de eu mesma ter mudado de nome. Eu me chamo China, agora Josephine Star Iron e Tararira. Daquela época conservo apenas, e traduzido, o Fierro, que nem sequer era meu, e o Star, que escolhi quando escolhi Estreya. Chamar, não me chamava: nasci órfã — isso é possível? —, como se tivessem me dado à luz as violetas rasteiras que suavizavam a ferocidade dos pampas, pensava eu quando escutava o "é como se o mato tivesse te parido" falado por aquela que me criou, uma negra enviuvada um pouco mais tarde pelo fio da navalha do besta do Fierro, meu marido, que talvez não estivesse enxergando de tão bêbado e o matou porque era negro, só isso, porque podia, ou talvez, e eu gosto de acreditar nisso mesmo sendo ele quem era, o tenha matado para enviuvar a Negra que me maltratou durante metade da minha infância como se eu fosse sua escrava.

Eu era sua escrava: a escrava de uma Negra durante metade da infância e depois, que foi muito logo, entregue ao gaúcho seresteiro em sagrado matrimônio. Acho que o Negro me perdeu num jogo de truco regado a cachaça na tapera que chamavam de pulperia, e o cantor já me queria, e como me achou muito menina quis contar com a permissão divina, um sacramento para me possuir com a bênção de Deus. Fierro se atirou em cima de mim, e antes de eu completar catorze já lhe dera dois filhos. Quando o levaram, e levaram quase todos os homens do pobre casario que não tinha nem igreja, fiquei tão sozinha como devia estar quando nasci, sozinha de uma solidão animal, pois só as feras podem transpor certas distâncias nos pampas: uma bebê loira não caía assim do nada nas mãos de uma negra.

Quando levaram o besta do Fierro, como todos os outros, levaram também o gringo da "Inca-la-perra", como cantou depois o trocista, e permaneceu ali no povoado aquela ruiva, Elizabeth, depois eu saberia seu nome, saberia para sempre, no intento de recuperar seu marido. Com ela não acontecia o mesmo que passava a mim. Jamais pensei em ir atrás de Fierro e muito menos arrastando seus dois filhos. Eu me senti livre, senti como se cedesse o que me aprisionava e deixei as crianças com o casal de peões velhos que tinha ficado na estância. Menti para eles, disse que ia resgatar Fierro. Se o pai voltasse ou não, não me importava na época: eu estava com uns catorze anos e tivera a delicadeza de deixá-los com velhos bons que os chamavam pelo nome, muito mais do que eu jamais havia tido.

A falta de ideias me mantinha presa, a ignorância. Eu não sabia que podia andar solta, não soube até que isso aconteceu e me respeitaram quase como uma viúva, como se Fierro tivesse morrido numa gesta heroica, até o capataz me deu seus pêsames na ocasião, os últimos dias da minha vida como china, dias nos quais passei fingindo uma dor que era tanta felicidade que eu corria léguas desde o casario até chegar a uma das margens do rio marrom, então me despia e gritava de alegria chapinhando no barro com Estreya. Deveria ter suspeitado, mas foi muito depois que eu soube que a lista de gaúchos que a leva levou havia sido feita pelo capataz, que a mandara ao fazendeiro, que a mandara ao juiz. O covarde do Fierro, meu marido, charlatão como poucos, a esse respeito nunca cantou nada.

Eu, se tivesse sabido, teria feito chegar a eles meu agradecimento. Não houve tempo. Apenas pela cor, porque eu tinha visto poucos brancos e abrigava a esperança de que ela fosse minha parenta, subi na carroça de Elizabeth. E deve ter acontecido algo assim com ela também, porque deixou que eu me aproximasse, eu, que tinha menos modos que uma mula, menos modos que o cachorrinho que me acompanhava. Ela me olhou com desconfiança e me passou um copo com um líquido quente e me disse "tea", como adivinhando que eu não conheceria a palavra e tendo toda razão. "Tea", ela me disse, e isso que em espanhol soa como uma oportunidade de receber, "a ti", "para ti", em inglês é uma cerimônia cotidiana, e esse foi meu primeiro contato com uma palavra nessa língua que talvez tivesse sido minha língua materna e é o que tomo hoje enquanto o mundo parece ameaçado pelo negror e pela violência, pelo ruído furioso do que não é nada mais que uma tormenta dentre as muitas que agitam este rio.

A carroça

É difícil saber o que se recorda, se o que foi vivido ou o relato que se fez e se refez e se poliu como uma gema ao longo dos anos, quero dizer, o que resplandece mas está morto, como morta está uma pedra. Se não fosse pelos sonhos, pelos pesadelos em que sou outra vez uma menina encardida e sem sapatos, dona de apenas dois trapos e um cachorrinho que é um amor, se não fosse pelas batidas que sinto aqui no peito, se não fosse por isso que me aperta a garganta nas poucas vezes que vou à cidade e vejo uma criança magra, descabelada e quase alheia, se não fosse, enfim, pelos sonhos e os tremores deste corpo, não saberia se é verdade isso que lhes conto. Quem sabe que intempérie se refletiu em Elizabeth. Talvez a solidão. Ela tinha duas missões pela frente: resgatar o Gringo e se apoderar da estância que devia administrar. Para ela, cairia muito bem que a traduzissem, era conveniente contar com uma linguaraz na carroça. Um pouco foi isso, mas acho que foi muito mais. Lembro-me bem do seu olhar naquele dia: vi a luz naqueles olhos, ela me abriu a porta ao mundo. Estava com as rédeas nas mãos, indo sem saber muito bem para onde naquela carroça que tinha em seu interior uma cama e lençóis e copos e chaleira e talheres e anáguas e tantas coisas que eu não conhecia. Parei e a olhei de cima a baixo com a confiança com que Estreya me mirava de tanto em tanto quando andávamos juntos ao longo dos campos ou do campo — como saber quando usar o plural e o singular, nessa planície toda igual, se dirimiu um pouco depois: começou-se a contar na época do arame farpado e dos patrões. Naquela época não, a fazenda do patrão era todo um universo sem patrão, andávamos pelo campo e às vezes nos olhávamos, meu cachorrinho e eu, e nele havia essa confiança dos animais, Estreya encontrava em mim uma certeza, um lar, algo que confirmava que para ele não haveria intempéries. Assim eu olhei para Liz, como um filhote, com a certeza louca de que, se ela me devolvesse um olhar afirmativo, já não haveria nada a temer. Houve um sim naquela mulher de cabelos vermelhos, uma mulher tão transparente que era possível ver seu sangue correndo pelas veias quando algo a alegrava ou aborrecia. Depois eu veria seu sangue congelado pelo medo, borbulhando de desejo ou fazendo sua cara ferver de ódio.

Estreya e eu subimos na carroça, Liz nos fez um lugar na boleia. Estava amanhecendo, a claridade se filtrava pelas nuvens, garoava, e quando os bois começaram a andar tivemos um instante que foi pálido e dourado e centelharam as minúsculas gotas de água que se agitavam com a brisa e foi verde como nunca a grama daquele campo e começou a chover forte e tudo fulgurou, inclusive o cinza escuro das nuvens; era o começo de outra vida, um augúrio esplendoroso era aquilo. Banhadas assim, nessa entranha luminosa, partimos. Ela disse "England". E, naquele tempo, para mim essa luz se chamou light e foi a Inglaterra.

Do pó viemos

Fomos lambidas por uma luz dourada em nossas primeiras horas juntas. Um very good sign, disse ela e eu entendi, não sei como a entendia em quase tudo quase sempre, e lhe respondi sim, há de ser um bom augúrio, Colorada, e cada uma repetiu a frase da outra até dizê-la bem, éramos um coro em línguas distintas, iguais e diferentes como o que dizíamos, a mesma coisa e no entanto incompreensível até o momento de dizê-la juntas; um diálogo de papagaios era o nosso, repetíamos o que a outra dizia até que das palavras não restava mais que o ruído, good sign, bom augúrio, good augúrio, bom sign, bem singúrio, bem singúrio, bem singúrio, acabávamos rindo, e então o que dizíamos se parecia com um canto que sabe-se lá aonde chegaria: o pampa é também um mundo feito para que o som viaje em todas as direções; não há muito mais que o silêncio. O vento, o estrilar de um que outro ximango e os insetos quando voam muito perto do rosto ou, quase todas as noites menos as mais inclementes de inverno, os grilos.

Partimos os três. Não senti que estava deixando nada para trás, apenas a poeira que a carroça levantava que era, naquela manhã, muito pouca; avançávamos devagar por uma velha trilha, um dos caminhos que os índios tinham feito quando iam e vinham livremente, até deixar a terra tão firme que continuava batida por todos aqueles anos, eu não sabia quantos, só que eram mais do que aqueles que eu já tinha vivido.

Em pouco tempo o sol deixou de ser dourado, deixou de nos lamber e se cravou em nossa pele. As coisas ainda faziam sombra quase todo o tempo, mas o sol do meio-dia já começava a queimar, era setembro e o chão se rompia com o verde tenro dos brotos novos. Ela pôs na cabeça um chapéu e outro em mim, e foi então que conheci a vida ao ar livre sem bolhas na pele. E o pó começou a voar: o vento nos trazia o pó que a carroça levantava e todo o pó da terra ao redor ia cobrindo nossa cara, as roupas, os animais, a carroça inteira. Mantê-la fechada, preservar seu interior isolado do pó, compreendi logo depois, era o que mais importava para a minha amiga, e foi um dos meus maiores desafios durante toda a travessia. Perdemos dias espanejando cada coisa, era necessário disputar cada objeto com o pó: Liz vivia com o temor de ser tragada por aquela terra selvagem. Tinha medo de que ela devorasse todos nós, de que terminássemos fazendo parte dela como Jonas fez parte da baleia. Fiquei sabendo que a baleia era parecida com um peixe. Um pouco como um dourado mas cinza, cabeçudo e do tamanho de uma caravana de carroças e também capaz de levar coisas em seu interior, transportava um profeta essa baleia de Deus e sulcava o mar da mesma forma que nós duas sulcávamos a terra. Ela cantava um canto grave de água e vento, bailava, dava pulos e lançava vapor por um buraco que tinha na cabeça. Comecei a me sentir baleia movendo-me tão solta na boleia entre terra e céu: nadava.

O primeiro preço de tanta felicidade foi o pó. Eu, que tinha vivido inteira dentro do pó, que havia sido pouco mais do que uma das tantas formas que o pó assumia ali, que tinha sido contida por aquela atmosfera — a terra dos pampas também é céu —, comecei a senti-lo, a percebê-lo, a odiá-lo quando me fazia rechinar os dentes, quando se colava ao meu suor, quando do me pesava no chapéu. Declaramos uma guerra a ele, embora sabendo que essa guerra, sempre a perdemos: do pó viemos. Mas a nossa era uma guerra de cotidianos, não de eternidades.

A China não é um nome

Assim que nos deparamos com a margem de um rio, a gringa deteve bois e cavalos e carroça e sorriu para nós dois. Estreya a rodeava balançando-se todo, desde o rabo até a cabeça, o amor e a alegria brotam em pequenas danças no meu cachorro. Elizabeth nos sorriu, enfiou-se dentro da carroça, eu ainda esperava sua permissão para entrar, ela não me deu, saiu imediatamente com uma escova e um sabonete, e sorrindo e com gestos carinhosos, tirou de mim meus trapos, tirou os dela, agarrou Estreya e nos enfiou a nós dois no rio, que não era tão marrom como o único que eu já tinha visto até aquele dia. Ela mesma também se banhou, aquela pele tão pálida e sarapintada que ela tem, o púbis laranja, os mamilos rosas, parecia uma garça, um fantasma feito de carne. Passou o sabonete pela minha cabeça, meus olhos arderam, eu ri, nós duas rimos muito, eu banhei do mesmo modo Estreya e, já limpos, ficamos chapinhando. Liz saiu antes, me envolveu com um pano branco, me penteou, me colocou uma anágua e um vestido e no fim apareceu com um espelho e então me vi. Eu nunca tinha me visto além do reflexo na água meio parada da lagoa, um reflexo atravessado de peixes e de juncos e caranguejos. Eu me vi e era parecida com ela, uma senhora, little lady, disse Liz, e comecei a me comportar como uma, e embora nunca tenha cavalgado de lado e logo depois começasse a usar as bombachas que o Gringo havia deixado na carroça, naquele dia me fiz lady para sempre, mesmo galopando em pelo como um índio e degolando uma vaca de um só golpe. A questão dos nomes também foi resolvida naquela tarde de batismos. "Eu Elizabeth", disse ela muitas vezes e em algum momento eu aprendi, Elizabeth, Liz, Eli, Elizabeta, Elisa, "Liz", me interrompeu Liz, e assim ficamos. "E nome de você?", ela me perguntou naquela forma tão pobrezinha de falar que tinha na época. "A China", respondi; "that's not a name", me disse Liz. "China", teimei e tinha razão, assim me chamava aos gritos aquela Negra a quem depois meu animal enviuvaria e assim me chamava ele quando costumava, como cantou depois, ir "nos braços do amor a dormir como a gente". E também quando queria a comida ou as bombachas ou que eu lhe cevasse um mate ou o que fosse. Eu era a China. Liz me disse que ali onde eu vivia qualquer fêmea era uma china, mas além disso tinha um nome. Eu não. Não entendi naquele momento sua emoção, porque seus olhinhos azul-celeste quase brancos ficaram úmidos, ela me disse isso a gente pode consertar, em que língua será que ela me disse, como foi que a entendi, e começou a andar ao meu redor com Estreya pulando aos seus pés, deu outra volta e voltou a me olhar nos olhos: "Você gostaria de se chamar Josefina?". Gostei: a China Josefina desafina, a China Josefina não cozinha, a China Josefina é china fina, a China Josefina remoinha. A China Josefina estava bom. China Josefina Iron, me nomeou, decidindo que, na falta de outro, seria bom que eu usasse o nome do infeliz do meu marido; eu disse que também queria usar o nome de Estreya; China Josephine Star Iron então; ela me deu um beijo na bochecha, eu a abracei, empreendi o complexo desafio de fazer fogo e assar carne sem queimar nem sujar meu vestidinho e consegui. Naquela noite, dormi dentro da carroça. Era um rancho melhor do que minha tapera, tinha uísque, roupeiro, presuntos, biscoitos, biblioteca, bacon, umas lamparinas de querosene, Liz foi me ensinando o nome de cada coisa. E o melhor, o melhor na opinião de moça solitária, duas escopetas e três caixas cheias de cartuchos.

Eu me abracei a Estreya, que havia se recostado com Liz, submergi no cheiro de flores dos dois, tão recém-banhados todos nós, envolvi-me nos lençóis que tinham cheiro de lavanda, isso eu saberia muito depois, na hora pensei que o perfume era algo tão próprio do pano como a textura que me abrigou naquela noite e em todas as outras daquilo que seria, em grandes linhas e fazendo uma divisão um pouco extrema, o resto da minha vida. Senti o hálito de Liz, picante e suave entre os lençóis perfumados, e quis ficar ali, fundir-me naquele hálito, embora não soubesse como. Dormi em paz, feliz, contida por perfumes, algodões, cachorro, ruiva e escopeta.

Tudo era outra pele sobre minha pele

Meu Estreya, cheio de cintilâncias, quase azul de tão preto, deixava de ser novo e aprendia quase tanto como eu. Crescíamos juntos: quando partimos, ele batia nos meus joelhos e eu batia nos ombros de Liz. Quando chegamos, e não sabíamos que estávamos chegando, ele batia na minha cintura e a mim não faltava muito para ser tão alta como ela. Lembro-me dele filhote, em posição de gentleman, sentado retinho com as orelhas baixas, os olhos concentrados, o focinho úmido, ainda hoje ele é candoroso quando se sente confiante no resultado dos seus bons modos. Eu vivia com um candor semelhante, embora começasse a conhecer um medo novo: se antes havia vivido temendo que a vida fosse aquilo, a Negra, Fierro, o rancho, agora temia que tudo acabasse: a viagem, a carroça, o cheiro da lavanda, a forma das primeiras letras, a bacia de porcelana, os sapatos com cadarços e saltos e todas as palavras em duas línguas. Tinha medo de que aparecesse no rosto de Liz a ira, ou algo mais fantasmagórico espreitando atrás de uma duna, as dunas começavam a aparecer, ou entre as raízes de um umbuzeiro ou entre os bichos que rompiam o silêncio na escuridão; os bichos dos pampas são noctâmbulos, emergem dos seus túneis e tocas quando a escuridão aparece. Medo de que algo me devolvesse à tapera e à vida de china, isso eu tinha sim.

Eu havia passado do cru ao cozido: o couro das minhas botinas novas era tão couro quanto o couro da sela de montaria que Fierro tinha, mas não era o mesmo couro. O dos sapatos que Liz me regalou era bordô, era lustrado, era fino e se ajustava aos meus pés como outra pele. Não foram apenas os shoes e seu leather: foram os lençóis e o cotton, minha água de silk que era da China, a verdadeira China com chinas de verdade, os pullovers, a wool: tudo era outra pele sobre minha pele. Tudo era suave e era cálido e me acariciava e eu sentia uma felicidade a cada passo, toda manhã quando vestia a anágua, e por cima dela o vestido e o pulôver, eu me sentia por fim completa ali no mundo como se até então tivesse vivido nua, mais que isso, desolada. Só então senti o golpe. Os golpes de dor da vida à intempérie, antes de estar enroupada nesses panos. Senti uma espécie de amor louco pelos meus vestidos, pelo meu cachorro, pela minha amiga, um amor que eu vivia tanto com felicidade quanto medo, medo de que se rompessem, de perdê-los, um amor que me expandia e me fazia rir até que me faltava o ar e também me contraía o coração e se tornava uma solicitude extrema em relação ao cachorro e à mulher e aos vestidos, um amor com vigília de escopeta. Eu era tão feliz quanto infeliz e isso era muito mais do que qualquer coisa que já tinha sentido.

Wool usei muita, porque partimos no início da primavera e ainda fazia frio, e acho que não contei ainda que íamos Terra Adentro, para o deserto.

Sob o império da Inglaterra

Certa manhã, sob a chuva, fui albergada pelo meu primeiro raincoat: "For us the British there's appropriate etiquette for every situation", Liz começou a me explicar a etiqueta, os climas e suas montanhas, seus desertos, suas selvas; os detalhes das vestimentas do Império me fizeram imaginar um mundo que — seria possível? — não era plano. Até então eu nunca tinha pensado nisso, meu mapa-múndi eram apenas a planura e algumas ideias difusas: Terra Adentro, Buenos Aires, um abismo cheio de água e a Europa, com sua ponta espanhola e suas ilhas britânicas, aquele mais além de onde chegavam armas e senhores. Imaginei o globo, e o relato de Liz, metade em castelhano, metade em inglês, começou a povoá-lo de vacas sagradas, sáris macios, curry picante da Índia, a África e seus negros com o corpo pintado, seus elefantes de presas do comprimento de um arbusto, seus ovos enormes de avestruz — o primo mais velho dos xuris —, os pântanos de arroz em toda a China, seus pagodes de tetos ondulados, os chapeuzinhos de palha como pratos apontados para o céu. Um pouco de tudo isso entendi naqueles dias de travessia, muito entendi depois, durante todo o tempo que passamos juntas; custava-me conciliar a ideia de que estávamos na parte de baixo de uma esfera e parecíamos estar em cima, mas não, Liz tinha certeza de que na parte de cima ficava a Inglaterra, no entanto era fácil constatar que os pés estavam no chão da mesma maneira que em toda parte, como no país dos pigmeus, dos gorilas e dos dia-

mantes, as pedras duríssimas e transparentes que são arranca-
das das entranhas das rochas. Ela insistia em que na parte de
cima ficava a Inglaterra, uma terra de máquinas que andavam
sozinhas movidas pela lenha e como se o movimento fosse
uma fogueira, como se os pedaços de madeira ardente fossem
cavalos. Ou bois, como os nossos, os quatro bois dóceis que
puxavam mansamente a carroça que me envolvia como me haviam envolvido a anágua de silk e o impermeável untado com
uma cera que não era nada além de gordura de vaca, ao fim e
ao cabo, mas antes de qualquer uso havia sido filtrada muitas
vezes em coadores de sândalo e cheirava como uma flor em-
briagadora, como uma flor de láudano quero dizer, como uma
droga, como seguramente devia cheirar o ópio, que era como
uma bebida muito mais forte do que a cachaça, me explicou,
e nele se perdiam tantos no norte da África ardente, onde os
homens usam como chapéu uns metros de pano enrolados na
cabeça e as mulheres vivem cobertas do cocuruto aos pés. O
raincoat me envolvia também com seu cheiro asiático, assim
como nos envolvia a carroça, tão untada como o raincoat e
com o mesmo cheiro. Não só a mim, mas Estreya, que viajava
sentadinho na saia de Liz no começo, enquanto eu segurava as
rédeas, e a própria Liz também: parecíamos segregar uns fios
com vocação de casca, de couraça, que se entreteciam como
uma espécie de casa que, em vez de ser feita de pano ou de
palha ou de adobe ou de carapaça de caranguejo, ia nascendo
de laços que se teciam com palavras e com gestos. Do relato
de Liz e dos meus cuidados por cada uma das coisas que tínhamos emergia um lugar. O nosso, a carroça que avançava
sem declives nem subidas, uma planura vazia que começava a ser tão entediante aos olhos de quem já viu montanhas
e colinas. Os pampas enormes se aplanavam mais aos meus

olhos com cada história da sua Londres apinhada e coberta de neblina; à minha frente, o deserto se preenchia de horizonte em contraste com as selvas africanas; a grama áspera, a grama macia e os pequenos arbustos me pareciam escarrapichados em relação aos bosques da Europa; nossos rios, sem margens contra os da sua Inglaterra bordejados de casas de tijolos vermelhos, ai, tão diferentes dos nossos, bordejados de barro e sem mais nada ao seu redor além de juncos e carquejas e garças e flamingos, os favoritos de Liz, que pelo menos ama as cores fortes dos pampas. Ela dizia que ali tudo parecia se resolver entre diversos tons de marrom e um azul-celeste interminável, pálido e transparente, salvo quando havia o pó e vários verdes que só revelam todo o seu esplendor quando chove e é verão e surge o trigo, e ele se mostra tão verde como o trigo dos campos da Inglaterra, acreditávamos.

As demais cores, só no céu quando amanhece ou entardece e nos flamingos durante todo o dia. Chovia, outra vez, e a luz se refletia nas coisas vivas, quase tudo, e nas mortas, apenas um ou outro osso de vaca àquela altura, e a terra se banhava de cobre e ia crescendo em nós uma couraça que nos aquecia os três juntos: as palavras de Liz, a língua tão rosada de Estreya e meu arroubamento de estar ali presente, tranquila como um animal recém-alimentado e ao sol.

Tranquila, embora com perplexidades: a terra redonda como uma bola e nós na parte de baixo. Talvez por isso lá em cima, lá no Norte onde ficava a pedra que atraía tudo, acima da Inglaterra, porque algo havia acima da Inglaterra, acima de tudo, explicou-me Liz, no que seria o chapéu do planeta se o planeta fosse uma cabeça, uma cabeça sem pescoço, uma cabeça cortada?, não, não, uma cabeça redonda sem corpo, just a head, você entende? Entendia pouco; cabeças sozinhas, nunca tinha visto nenhuma. Não, claro, era só um exemplo. Um exemplo era, ela me explicou, algo que se mostrava para aclarar uma ideia. Cabeças sozinhas não existem, insisti, exemplo de quê algo que não existe poderia ser? De coisas que não existem, você tem razão, disse, e voltou ao exemplo e dessa vez o exemplo foi uma bergamota e então eu pude começar a pensar melhor: claramente tem uma parte de cima, a parte do talo, a que pende da árvore, e uma parte de baixo. E de que árvore pendia a terra? De nenhuma, a bergamota também não servia muito de exemplo. Seja como for, comecei a pensar que na parte superior do planeta, e não só na Inglaterra, as coisas cresciam mais facilmente para cima. Tinha colinas e montanhas e estava cheia de árvores altas, como muitos homens um em cima do outro. Quantos? Até dez ou quinze dos mais altos. Não se pareciam com os umbuzeiros? Um pouco, sim, mas lá são mais compridos do que largos, como estirados; o umbuzeiro, ao contrário, é aplastado, como se houvesse mais gravidade na parte de baixo do planeta e tudo se visse forçado ao achaparramento ou à vida subterrânea. Gravidade era aquilo que fazia as coisas despencarem para baixo. E como não esmagava a nós duas, e também Estreya, a carroça, os bois, as mulas, as vacas, os cavalos?

Naquela noite, Liz fez um guisado com um tatu que eu cacei e quartejei, e ela cozinhou na própria carapaça do pobre bicho. Ela pôs coisas nele que comecei a conhecer; uma mescla de cebolas, alho e gengibre com cravos de cheiro, canela, cardamomo, chiles, grãos de pimenta, cominho e sementes de mostarda. Ela fez o guisado ali dentro e eu e Estreya conhecemos o picante, porque não eram apenas a mente e a pele: a língua também nos crescia sob o império da Inglaterra.

Mesclados os dragões com meus pampas

Enquanto a terra crescia para mim até se tornar um globo, outro mundo se consolidou na carroça. Éramos uma trindade, Liz, Estreya e eu, o centro de um retângulo com um vértice voltado para os bois, outro para o teto, outro para o cargueiro de trás e o chão como linha de sustentação ou aderência. "Apenas aqui uma carroça pode ter a perspectiva de um pássaro", observou Liz, e eu me inteirei do que era uma perspectiva e notei que sim, que os poucos animais que se levantam do chão na planície — algumas lebres, alguns apereás, alguns tatus, os flamingos das lagoas, as garças, uma que outra suçuarana, se conseguíssemos vê-la — estão sempre à espreita e são velozes, mas se espantam com quase tudo, a fauna, enfim, da planura parecia colar-se ao chão, não se levantava como fazem as girafas, uns animais de olhar simpático e pescoço de metros que comiam das copas das árvores, nem se estendia como os elefantes, gigantes e com trombas que usavam como mão. Das alturas, via-se o mundo diferente, como diferente ele era visto do chão e de trás de uma roda da carroça em movimento e do alto dos mais altos ramos de um umbuzeiro. Experimentei todas as perspectivas naqueles dias de descobrimento: caminhei em quatro patas olhando o que Estreya olhava, o pasto, as alimárias que se arrastavam pela superfície da terra, os úberes das vacas, as mãos de Liz, seu rosto, os pratos de comida e qualquer coisa que se movesse. Apoiei minha cabeça nas cabeças dos bois e pus as mãos do lado dos meus olhos e vi o mesmo que eles, só o que ficava justo na frente, a trilha e o horizonte incerto do seu esforço. Também botei reparo nas minhas próprias mãos: primeiro apareciam os pés e os joelhos e as rótulas e as pernas e depois o que vinha em cima. E comecei a precatar-me das outras perspectivas; o mundo não era o mesmo visto pelos olhos da rainha, rica, poderosa, dona da vida de milhões de pessoas, cheia de joias e banquetes nos seus palácios que costumavam ficar em lugares dos quais se dominava tudo o que se movimentava ao redor, e visto pelos olhos, por exemplo, de um gaúcho na sua tapera com suas pelagens e seus fogaréus de bosta. Para uma, o mundo era uma esfera cheia de riquezas que eram suas e que ela mandava extrair de toda parte; para o outro, uma pradaria a galopar à procura de vacas, degolando inimigos para não ser degolado ou fugindo de levas e batalhas. Certas noites, comecei a cozinhar para que Liz desenhasse o que eu não lograva imaginar com precisão através das suas descrições: peguei amor. Amei o tigre, uma suçuarana gigante, laranja e rajada, o hipopótamo, um animal de boca enorme e dentes quadrados como de criança, uma espécie de carroça de couro duro com quatro patas gordas e curtinhas, um bicho que gosta de viver dentro de rios, e as zebras, aqueles cavalos africanos listrados. Mas o que me despertou paixões foi o dragão, um belo animal feito de animais horríveis: olhos de gafanhoto, chifres de zebu, cara de boi, focinho de cachorro, bigodes de bagre, juba de xuri, rabo de víbora, escamas de peixe, garras de ximango gigante e poderosas cusparadas de fogo que eu gostava de imaginar voando sobre nossa cabeça e nosso teto como um anjo guardião: saibam que uma carroça pode ser uma casa protegida por um dragão. Liz gostava de me cativar, necessitava do meu olhar de deslumbramento, do meu riso, da felicidade que me causavam seus relatos e seus desenhos encantadores, desenhos de linda precisão, compreendi quando me vi desenhada quase igual como havia me visto, e me via toda manhã desde então no espelho, mas feita de linhas, sem cores. Liz me contou a história do dragão uma noite, enquanto eu assava umas tarariras que tinha pescado um pouco mais cedo. De como tinham nascido os primeiros quatro no mar da China e brincavam de voar e nadar e lançar fogo o tempo todo, de como um dia se comoveram pela fome dos homens, de como voaram até o Imperador do Céu que estava em seu palácio de jade escutando uma orquestra de fadas e os atendeu furioso por ser interrompido e prometeu chover, de como não choveu, de como os quatro dragões decidiram beber água para cuspi-la sobre a terra, de como o imperador se enfureceu, de como os sepultou debaixo de uma imensidão de pedras tão enormes como tudo que víamos se perder no horizonte, de como os dragões choraram e choraram até se liquefazer e se tornar os quatro rios da China que se chamam o Longo, o Amarelo, o Pérola e o Negro porque assim se chamavam os dragões.

Dormi como um bebê quando Liz me explicou o que era o jade, o que eram as fadas, um imperador, o fogo que saía das entranhas daqueles bons animais que se tornaram água. Deixei a escopeta descansar, mesclados os dragões com meus pampas, perguntando-me se não seria deles o resplendor da terra quando o rio desbordava.

À mercê dos carcarás

Demorou poucos dias de carroça, poeira e histórias para sermos uma família. Enredados nos laços do amor que nascia em nós,ríamos conjurando a ameaça de ficar à intempérie, de ser vencidos, de cair no chão já sem forças para mais nada além de permanecer caídos, colados à terra e à mercê dos carcarás, de ser reduzidos a isto que também somos, uma estrutura óssea, mineral, como as pedras. Estávamos nos entrelaçando e demoramos a perceber que esse quase nada que cruzávamos ia se parecendo com um cemitério abandonado; nós o sulcávamos contentes, como se estivéssemos atravessando o paraíso, embora talvez aqui esteja me equivocando, talvez não se atravesse o paraíso, ali simplesmente se permanece, para onde alguém iria querer viajar estando lá naquele porto?

Já se haviam passado dias em linha mais ou menos reta sem que cruzássemos nem uma vaca, nem um índio, nem um cristão, nem um cavalo; semanas de dias planos como se não houvesse mais nada no mundo além de grama, uma que outra mulinha, os carcarás, de quando em quando uma lebre alumiada por nossas fogueiras noturnas, que Estreya perseguia e às vezes conseguia pegar. Isso e a terra perolada de ossamentos descobertos pelo vento ou pela água. O pó era piedoso, tapava tudo e também os esqueletos que havia no caminho; pouco a pouco os cobria e terminavam sendo tímidos relevos, túmulos imperceptíveis, pouco mais que grandes formigueiros, bulindo também de vida, a vida dos vermes que nascem da carne morta.

Até que começava a chover e outra vez aos nossos pés se abria um cemitério cheio de guerreiros: nós os distinguíamos porque estavam fundidos com suas armas e com seus animais, como se os heroicos esqueletos dos pampas fossem fósseis de centauros, disse Liz. Eu não sabia o que era um centauro, mas menos ainda que os índios pudessem ser heróis, acho que foi com essa história e com essa discussão que chegamos à terceira semana de viagem. Descansamos, e voltamos a nos banhar num rio já quase cristalino onde não havia nada além de um par de garças, nossa única companhia. Eu também nem sabia o que era um deserto, embora percebesse que tanto vazio não podia ser natureza nesses pampas; não sabia que um deserto era justamente isto, um território sem povoação, sem árvores, sem pássaros, quase sem vida alguma além da nossa durante o dia, eu acreditava que era o nome do lugar onde os índios viviam e mais nada. Seja como for, o lugar se tornava cada dia mais perturbador; começamos a ter pesadelos durante a noite e às vezes também de dia. Para lutar contra esses pesadelos, comecei a escrever. Liz me ensinava as letras e me encomendava uma oração todas as noites. Ainda tenho algumas. "Please, Lord, nos mande um friend. E save us dos atoleiros."

E se a fé da oração não bastava para que dormíssemos, Liz e eu tomávamos uísque, a seiva da vida da Inglaterra, água da sua água e sobretudo, ela me explicou, terra da sua terra, que fazia essa delícia a partir da cevada. Eles a enfiavam, a cevada, em água fervente e a deixavam ali até que dava brotos. Então a secavam usando um defumador que faziam com galhos de árvores, com lenha, mas também com turfa, uma terra feita de plantas que ainda não se havia tornado totalmente terra.

Poderíamos fazer aquilo. Sim: só tínhamos de conseguir cevada, barris de carvalho e alambiques, uns funis com tubinhos longos de ferro. O ruim é o tempo de espera: doze anos tarda o uísque fermentando nos barris. Eu gostava do uísque e gostava também de gostar dele: queria ser inglesa, eu.

Afundei na merda distraída como estava

Falei sobre isso com minha nova amiga, a primeira, a Colorada do segundo início da minha vida, o único do qual quero saber, do outro não me recordo e se alguma vez me recordo volto a esquecê-lo graças ao uísque, às minhas línguas novas, ao rio, às vozes da minha casa, ao meu cachorro, à chuva e às abelhas. Aquele passado foi tragado pela água e bem poderia ter sido tragado por um atoleiro: eu tinha escutado falar das carroças, dos exércitos, das mulas, das cidades de pedra, do ouro e da prata, dos galeões repletos de espanhóis armados de arcabuzes, tinha escutado falar de tantas coisas que o barro tragara. Por isso os índios andavam com tanta leveza e não ousavam pôr sobre a terra nada mais que tendas e não usavam como móveis nada mais que, achava eu, peles de carneiros e cordeiros. Era preciso, pois, seguir o rastro deles, tão certa estava Liz de que sua estância ficaria lá pelas bandas da indiada. Tinha também na sua carroça, que era nossa àquela altura, uma compass e um grande mapa todo dobrado, com o desenho dos continentes, dos mares, dos rios, de cor marrom as montanhas e verdes as planícies como a minha. Sem um só caminho para o lado que era o nosso. Para isso existia a compass, para saber onde fica o Norte, aquela terra de gelo, o chapéu do planeta, atrativa como os ímãs, metais que atraíam outros metais que se grudavam a eles; um pouco mais tarde aprendi a dizer bússola, naquele tempo que passamos no deserto. Como o povo de Israel, dizia minha Liz, mas Deus, em vez de fazer chover maná em cima de nós, nos punha apereás e tatus entre os pés a cada tanto, eles brotavam do chão menos por milagre do que pela fumaça que eu tocava nos buracos, para mandá-los, com uma paulada, poor thing, sem mirá-los naqueles olhinhos deles tão parecidos com os nossos, direto para a grelha. Talvez viessem da terra porque no Sul, pensava eu, tão recém-inteirada da esfericidade do nosso mundo, Jeová nos manda o alimento de baixo em vez de fazê-lo cair, por milagre e pela gravidade, dos céus. Se pensarmos bem, nosso alimento é mais milagroso, eles saltam da terra e rompem a gravidade para se oferecer a nós. Há que se dizer, com justiça, que eles não se ofereciam. Os bichinhos pataleavam, estrilavam e mordiam, nunca se entregavam nem se resignavam.

Eu sentia que tinha vivido à deriva de tudo, fora do mundo que cabia inteiro na carroça com Estreya e com Liz e já estava se tornando uma segunda natureza. Aprendi o que era bússola, assim como aprendi a vestir uma anágua ou ordenar as letras, como se aprende a nadar, eu diria; a vida nova era isto: eu me sentia lançada na água. Tinha um pouco de navegação nossa travessia no rastro dos índios, que era o mesmo que os fortins seguiam. Oscar, o Gringo, devia estar num desses fortes. Fierro também, mas eu ia ficar, custasse o que custasse, no mundo da bússola, que era o dele, do marido de Liz quero dizer, que tinha sido um marinheiro. E Liz um pouco também. Eu começava a me esquivar dos atoleiros como quem se esquiva das rochas no mar, seguindo as rotas da indiada. Aprendemos a saber se estavam por perto lendo a bosta dos seus animais. Até aquele dia, sempre a encontrávamos seca e então aconteceu o que queríamos e temíamos: pisei com minhas botinas vitorianas num monte de merda úmida, afundei na merda distraída como estava.

Vivia absorta, imersa num sonho, meio ausente quando não estava conversando com Liz ou brincando com Estreya. Toda a minha vida até então havia sido algo parecido com uma ausência. Não era minha aquela vida, talvez isso se desse por causa da lonjura em que eu morava, talvez não, não sei. Aquela umidade, aquele cheiro me despertaram. Os índios estavam perto. Ou alguns dos seus animais tinham fugido. Não sabíamos. Entrei na carroça. Tirei o vestidinho e a anágua, vesti as bombachas e a camisa do inglês, amarrei seu lenço no pescoço, pedi a Liz que pegasse a tesoura e cortasse rente meu cabelo, a trança caiu no chão e me tornei um moço jovem, good boy ela me disse, com as mãos aproximou meu rosto do seu e me beijou na boca. Fiquei surpresa, não entendi, não sabia que aquilo era possível e tinha sido revelado a mim de modo tão natural, por que não seria possível? Não era costume, simples assim, lá no casario as mulheres não se beijavam entre elas, embora as vacas, lembrei-me, montassem às vezes umas nas outras; gostei daquilo, a língua de Liz entrou em mim tão imperiosa, a saliva picante e florida de curry e chá e perfume de lavanda, queria continuar, porém ela me afastou quando a agarrei forte pelos cabelos e enfiei minha língua entre seus dentes.

Não tinha certeza de que aquele beijo fosse um costume inglês ou um pecado internacional. Não me importei, Liz me queria, não havia dúvida, e, se houvesse, não consegui parar: ali começou para mim uma vida de vigília, sempre em cima do meu cavalo e perto de Estreya, que mudou também, se pôs alerta, se tornou cão de guarda num piscar de olhos, da mesma maneira que eu havia me tornado um moço escopetado. A tormenta explodiu e eu corri para passar o resto da vigília na cama de Liz.

A luzerna é luz de osso

Choveu e a água foi varrida com a piedade do pó: tudo foi barro e ossos emergentes. Ossos brancos, nacarados, iridescentes como uma luzerna, a luzerna é luz de osso, de resto mortal, de ossamento, uma bad sign, disse Liz e eu só fiz concordar. Eram ossos de homens e mulheres aqueles paus brancos que os raios tingiam de celeste fulgurante. Alguns já descarnados e brilhantes como se uma legião de artesãos os tivesse limpado e lustrado. Outros não, outros se decompunham lentamente como pequenas elevações purulentas do terreno. Savages. Era preciso enterrá-los, era coisa de animais deixar os mortos jazendo sobre o pasto, objetou minha inglesa. Ela tinha razão, é coisa de selvagens não enterrar os mortos, deixá-los como comida para ximangos. Selvagens eram minha gente e meu pampa nauseabundo coalhado de índio e de cristão.

A senhora me cura, dona, tenquiu

Passou a chuva e passaram dois ou três dias de horizonte limpo e nós entre duas forças: o medo de que nos vissem e as ganas de topar com outras pessoas. Até que ali, naquele fundo sem fundo do horizonte, a terra se levantou como as ondas se levantam numa tempestade. Não nos sacudiu, mas puxei forte as rédeas e a inércia quase fez a carroça vomitar a meia Inglaterra que levávamos. Nossos corpos a contiveram; embora ela nos golpeasse, não sentimos o impacto no estupor provocado pela visão dos pampas em erupção: a terra saiu de si, subiu ao céu em volutas que terminaram unidas, avançou para a carroça e nos cegou. Nós três estávamos tão quietos com nossos bois e cavalos que, nos breves instantes que se seguiram, fomos devorados por uma massa de pó perfurada pelos gritos sobrenaturais dos poucos pássaros que há nos pampas, e os ladridos de Estreya, que confrontava a nuvem marrom enfiado embaixo das patas dos bois paralisados. Como se os pássaros fossem raios e as vacas trovões, soou depois o ruído grave das pisadas de uma manada. Trememos, tudo tremeu, e o que não nos havia coberto começou a cair e voltou a nos cobrir outra vez, e assim até que o ruído se tornou ensurdecedor e parou de repente: não houve mais pisadas nem ladridos nem grasnidos. Não escutávamos nada, não víamos nada; a terra nos tragou. Estávamos quietas como a mulher de Ló, mas a essa altura suávamos tanto que éramos de barro. Sentíamos cheiro de bosta e a respiração agitada de algo que pareceu o mundo até que o pó terminou de cair. Estávamos rodeados por umas mil vacas chimarronas, tão marrons como quase cada coisa naquele momento, que mexiam suas pestanas longas e seus rabos de um jeito que não sabíamos se era medo ou amor. As vacas e os touros nos cercavam, já tranquilos como se houvessem chegado à casa, como se tivessem encontrado amparo em volta da nossa carroça, como se o mero fato de conter algo, nós duas, Estreya, os bois, meu cavalinho e a carroça, também as contivesse. Nada se movia, apenas o pó que caía com a lentidão de uma névoa, e assim estivemos, na lenta revelação dos lombos pardos dos animais e da terra que ia destingindo o ar enquanto caía.

Em algum momento o silêncio se rompeu: a manada se abriu como um mar marrom e deixou passar um homem a cavalo que levava um cordeirinho na sela. Ele nos cumprimentou com um *buenas y santas*, que bom encontrar mais gente, disse que ia para Terra Adentro em busca de um lugar para se estabelecer com seu gado, aonde íamos nós, Liz respondeu que também para Terra Adentro e ele começou a rir e vimos um rosto doce, infantil, parecia um órfãozinho o homem que estava à nossa frente, mas não, o órfão, ou pelo menos naquele então, não era ele; ele nos explicou, enquanto acariciava o cordeiro, que o bichinho estava com ele porque sua mãe tinha morrido. Parecia feliz de topar com uma inglesa e um menino loiro no meio do nada, não parou de falar e de tentar fazer Liz falar para começar a rir a cada palavra que ela dizia. Liz teve de explicar a ele a Inglaterra, o oceano, o barco a vapor, as ganas de cruzar o mundo, e para quê?, para o mesmo que você, disse-lhe Liz: encontrar um lugar para viver com meu gado, e onde ele está, senhora?, os olhos encantados do gaúcho quando Liz explicou que parte das suas vacas ia vir, como ela tinha vindo, de navio, e para quê?, se já temos aqui?, para melhorar a raça, claro, porque as vacas inglesas eram melhores como quase tudo que era inglês, mas isso não foi mencionado por Liz, que teve de começar a explicar por que o gado da sua Escócia era melhor. E também teve que explicar a Escócia, mas não conseguiria nunca que não a chamassem de inglesa. Rosario, assim ele se chamava, começou a se aborrecer com tanta explicação, acho, porque interrompeu Liz dizendo-lhe que estava com vontade de assar uma carne, se a gente queria. Queríamos, Liz sempre queria carne assada, portanto lhe respondeu que sim, que tínhamos wood e era preciso tirar leite das vacas, olhou para mim, Jo, would you do it?

E eu fui e ordenhei uma das chimarronas, que se deixou tocar quase com alívio. De vacas eu entendia bastante, embora nunca houvesse me detido muito para olhar a cara delas. Olhos nos olhos da chimarrona, ela subia e baixava as pestanas num gesto que eu entendia como de agradecimento, como se o leite lhe pesasse, e eu a olhei com mais atenção e vi em seus olhos redondos, sem arestas, em seus bons olhos de vaca, um abismo, um buraco negro feito de ganas de pasto, de viagem, até de campos de girassóis acho que vi o desejo em sua pupila e também a intenção de lamber seu bezerro. E se pôs imediatamente a lambê-lo e eu baixei a vista e voltei a ordenhá-la e lhe dei um nome, Curry a chamei, e quando terminei se grudaram nela o bezerro e Estreya, que pouco leite havia recebido na vida e se entregou a ele com prazer, até que se cansou e se estirou para cima, as patinhas dobradas, o rabo esfregando o chão de felicidade.

O gaúcho, Rosario, voltou a se apresentar enquanto ia montando a fogueira e preparando o braseiro, depois se interrompeu, agarrou uma tripa meio seca, ainda elástica, preencheu-a com o leite que lhe dei e amamentou o cordeiro, que ficou dormindo aos seus pés, ao lado do fogo.

— Ele se chama Braulio. É um macho.

Isso saltava à vista. O que devia ter confundido Rosario era eu, com minha roupa de varão e meu rosto imberbe. E o "Jo" de Liz. Não lhe aclarei nada, ajudei-o a juntar a madeira para o fogo e acariciei o cordeiro enquanto Estreya o cheirava desconfiado. Eu tinha ficado enternecida com o gaúcho amamentando o pequeno órfão. Quando ajeitou todos os galhos, ficou de pé, pegou o facão, agarrou um bezerro, bateu forte nele com uma pedra na cabeça, deixando-o tonto, e o degolou. O pranto da vaca nos deixou a todos melancólicos. Rosario me comoveu outra vez: depois de esfolar o bezerro, aproximou-se da vaca, acariciou-a, pediu-lhe perdão, deu-lhe de comer na boca uma pastagem que trazia. A vaca continuou chorando e andando, cabeceava outros bezerros. Buscava o seu, que já estava cravado sobre o fogo. Pensei nos meus, nas minhas crianças, mas só por pouco tempo, não podia então me deter nem chorar nem permitir que nada me levasse outra vez à vida na tapera: eu estava deixando tudo para trás.

E então já éramos quatro, com Rosario e Estreya, eu e minha Liz, como comecei a chamá-la na época. O gaúcho prosseguiu com seus assados e suas tripas de leite e seus órfãos: além de Braulio, adotou dentro de poucos dias uma lebre, um apereá e um potrinho. Rosario andava e todos iam atrás dele como se fosse uma pata, e os bichos, seus patinhos. De noite, antes de estender seu poncho quando estava sóbrio o suficiente ou de cair em qualquer lugar quando não, foi nos contando pedaços da sua vida, que já tínhamos imaginado observando-o: um pai morto demasiado cedo, a mãe sozinha, sete irmãos, o padrasto feroz como uma suçuarana entre as galinhas, uma facada como ponto de partida e Rosario costurado aos dez anos indo procurar outra vida menos cruel e então, já com as sobrancelhas grisalhas e coxeando, o pobre continuava buscando quem o amparasse nesse vazio: nós o amparamos. Ele ficou conosco, cuidou de nós, nós cuidamos dele, ele riu da minha roupa de varão mas entendeu, disse que achava bom que eu me vestisse de varão, que era como carregar um facão, que toda mulher devia ter um, assim como todo homem o leva, entendemos que falava da sua mãe e que a teria preferido barbada se com isso ficasse viúva para sempre, e ele com ela e não aquele animal; outro trago e Rosario pedia mais inglês para dar risada e Elisa, Elizabeth, cantava para ele suas canções ou lhe contava histórias e ele se divertia como "se dois macacos dançassem minuetos de ponta-cabeça". Ele acordava carrancudo, sick, dizia Liz, de hangover, e então ela despejava uísque em seu mate e Rosario renascia e lhe agradecia do mesmo modo todo dia: "A senhora me cura, dona, tenquiu".

Por força da força

Prosseguia Liz com suas histórias da Inglaterra. Quando ia a Londres, o céu tinha cor de chumbo e da fumaça das locomotivas e das fábricas, e uma umidade ácida a chuva, que ali quase não cessava nunca, respirava-se um ar cinzento e molhado, com um estranho toque laranja, um ar quase visível de tão pesado e opaco, e que no entanto relumbrava, mal se saía da cidade, no pasto interminável daqueles prados que só se rendem diante do abismo dos alcantis castigados pelo mar. A terra ali termina assim, de repente, como se tivessem separado a machadadas a Inglaterra do resto do mundo, como se a houvessem, aos talhos, condenado a uma insularidade que seus habitantes, we, the British, darling, tentam quebrar por força da força, de se tornar centro, de organizar o mundo em torno de si, de ser o motor, o mercado, a matriz de todas as nações. A partir daqui, dessa ilha tão distante daquela outra que se ergue sustentada em seus ferros, em seus vapores, nas máquinas que inventa para dominar o globo com uma produção cada vez mais veloz, uma ilha onde o metálico reina com uma cabeça tão determinada como os trilhos que a coroa plantou em todas as partes para que os frutos do trabalho dos homens migrassem dos campos, das montanhas e das selvas para os portos, para os navios, para seu próprio porto, para essa boca de Cronos que tudo devora, que transforma cada coisa em combustível da sua própria velocidade: desde o pelo cálido do lombo de uma vaca até as facetas gélidas dos diamantes, desde o elástico da borracha até o carvão que se parte com uma roçadura. Não reside nos exércitos nem nos bancos o poder da Inglaterra: our strenght is made of velocidade, tempo que adianta, que queima, ações mais breves, navios mais rápidos, rifles de repetição, operações de clearing num espaço de poucos dias, enfim, a força das estradas de ferro que dividem a terra, indo para todos os portos carregadas de manufaturas imperiais, e voltando com as ganâncias e os frutos de cada país.

Tudo ainda era possível naquele tempo lento dos pampas, nas conversas ao redor dos assados de Rosario, o riso franco que lhe proporcionava o inglês, "como a senhora diz isso, dona?", perguntava a Liz, e as gargalhadas explodiam da sua boca e faziam voar os pássaros que se alimentavam no lombo das suas vacas silvestres cada vez que ela respondia "cow" ou "sky" ou "horse" ou "fire" ou "Indians". Cada vez mais alegre roendo suas costelas, o gaúcho serviu o assado com cachaça, e começou a falar com os cavalos na hora do postre. Que lamentava, dizia-lhes, que não podiam sair em viagem com Liz porque no país dela as carroças se movimentavam sozinhas, "com madeira se movem as rodas de lá, vocês não vão ter trabalho, têm que ficar comigo, estão fodidos, com a gringa não vão poder ir para nenhum lado", e os acariciava. Nós também ríamos e Estreya comia das suas mãos e terminou sentado no seu regaço como se fosse mais filhote do que era. Liz o mandou dormir e ele fez igual a todo gaúcho: tirou o poncho e o couro de ovelha da sua montaria e se estirou ao lado dos animais. Estreya se havia enamorado dele e dormiram os dois, mais Braulio, à luz das estrelas.

Nós nos enfiamos, sozinhas, no ar tépido e amarelado da carroça. Liz apagou as velas, tirou-me a roupa do Gringo, me desnudou, me passou uma esponja molhada, me secou, me vestiu com uma anágua e me abraçou e dormiu, como se não tivesse notado minha pele toda eriçada nem cheirado o desejo que gotejava, que pendia da ponta dos pelos do meu púbis até se derramar lento e pesado por minhas coxas.

Isso também se come e se bebe com scones

O deserto parecia ser uma moldura, uma planície amarronzada, todo igual para qualquer lado que se olhasse, um plano no qual o céu se apoiava como se não houvesse nada mais no mundo. Eu poderia dizer que estar ali, na boleia da carroça ou em cima do meu cavalo, era viver uma vida parecida com a das aves, algo assim como voar: todo o corpo imerso no ar. Não parece justo, quase não há aves nos pampas e as que existem voam baixo ou não voam. Há os flamingos, compondo nuvens de um rosa estridente na linha do horizonte. Há os xuris, que correm mais rápido do que os cavalos com suas patas férreas e elásticas roçando o solo e levantando poeira, os xuris unem pampa e céu. E, como acontece no mar, onde se sabe que há terra por perto porque se começa a ver pássaros no céu, acontece ali no deserto com a água e com as pessoas: também se amontoam as aves sobre os povoados e as tolderias. Estar nos pampas era, então, como planar num cenário que parecia não ter mais aventuras além das suas próprias. As do céu e as nossas, quero dizer. Sobre a linha parda do horizonte, o sol e o ar se dobram e se desdobram. Nos dias sem nuvens, eles se decompõem num prisma temporal, fracionados em vermelhos, violetas, laranjas e amarelos ao amanhecer, e sob esses raios, que chegam à terra dourados, o pouco verde do solo adquire um tom tenro e brilhante, e toda coisa que se erga, uma sombra longa e suave. Depois o sol aplasta tudo, até que vem outra vez o prisma. E a noite, violeta escura, falo do verão, e metralhada de estrelas. Mantive a planta dos pés e a sombra no chão e todo o resto do corpo no céu durante aquele tempo. Como sempre e em todo lugar, poderiam objetar. Mas não, ali na planura que era minha, a vida é uma vida aérea. Às vezes celestial, inclusive; longe da tapera que havia sido minha casa, o mundo se mostrava um paraíso para mim. Não me recordo de ter experimentado antes tal imersão nas vicissitudes da luz. Eu a sentia em mim, achava que eu mesma era pouco mais que uma massa inquieta de resplandecências. E é muito possível que estivesse certa.

Pouca sombra me cobria mais que o cheiro doce da carroça, o único espaço que parecia mais parte da terra que do céu, embora estivesse a uns bons pés do chão: o lar sempre nos parece grudado à terra, mesmo que seja um barco. Ou uma carroça. E essa foi minha primeira ilha, a que nasceu em mim enquanto viajávamos, um retângulo de madeira e lona que mantínhamos escuro para conservar o frescor e afugentar as moscas que pareciam sair do próprio vazio e se reproduzir apenas com a ajuda do ar. Claro que havia cadáveres e que agregávamos ossos ao mundo cada vez que sacrificávamos alguma das centenas de vacas que nos seguiam. Matamos poucas: são animais grandes e, uma vez descarnadas, nós as conservávamos fazendo um charque que Liz tinha transformado em algo maravilhoso. Mergulhava os filés primeiro no sal, e depois, e por muito mais tempo, em curry e mel. Quando ela achava que estavam prontos, punha-os por um momento no fogo: estalavam na boca, desmanchavam-se salgados e doces e no final picantes na língua, e desciam queimando até o estômago. Na estância nunca fazíamos isso, matávamos uma vaca inteira para comer o que fosse necessário e o resto, aos carcarás.

Fierro dizia que os carcarás também tinham de comer e eu me inclino a pensar que nisso tinha razão, embora não levasse em conta a altíssima produção de cadáveres que tínhamos: não só vacas, mas índios e gaúchos também alimentaram várias gerações de aves de rapina. Volto à minha vida aérea e ao meu lugar bamboleante na carroça, que conservávamos, como eu já disse, escura e fresca e cheia de aromas, como um armazém da Companhia das Índias. O cheiro das fibras de chá, marrons quase negras, partia das montanhas verdes da Índia e viajava até a Inglaterra sem perder a umidade nem o perfume adstringente que nasceu da lágrima que Buda fez cair pelos males do mundo, males que viajam também no chá: bebemos montanha verde e chuva e bebemos também o que a rainha bebe, bebemos rainha e bebemos trabalho e bebemos as costas alquebradas daquele que se agacha para cortar as folhas e asdo que as carrega. Graças aos motores a vapor já não bebemos as chicotadas nas costas dos remadores. Mas sim a asfixia dos mineiros do carvão. E assim é porque é assim; tudo o que vive, vive da morte de outro ou de outra coisa. Porque nada vem do nada, Liz me explicou: do trabalho surge tudo; isso também se bebe e se come com scones. Liz às vezes os cozinhava nos fornos que eu fabricava cavando poços na terra: quanto mais difícil a lida, mais prazer há na comida, sentenciou. Eu lhe disse que sim, sempre estava de acordo com ela durante aqueles meses que passamos no céu enorme dos pampas. Poderia contradizê-la sem muito esforço, teria bastado apontar a algaravia que lhe produziam os assados, por exemplo, que não davam muito trabalho. Não fiz isso, não a contradisse. Só pensei, e me senti muito perspicaz. Em algum momento, e não havia mediado palavra minha — tão transparente era a distância entre nós —, ela me respondeu que o assado se fazia com pouco trabalho humano, mas necessitava da agonia de um animal. Que o próprio Cristo, Our Lord, havia se tornado carne para ser sacrificado: tinha trabalhado para conseguir a eternidade de todos, e que nunca existira mundo nem vida que não fossem combustíveis de si mesmos. E que nunca existiria.

Durante toda essa primeira viagem não entabulei nenhuma discussão, não fiz mais que me deslumbrar e me mostrar deslumbrada mesmo das poucas vezes que não estive. Era a primeira; tinha plena consciência de que toda viagem tem um final; talvez nisto, na experiência do tempo como finito, residam o fulgor e a relevância de cada momento que se vive, sabendo que se há de voltar para casa, numa terra que não é a própria. Eu olhava com voracidade, colecionava imagens, tentava estar atenta a cada coisa, sentia com todos os detalhes; todo o meu corpo, toda a minha pele estava desperta como se fosse feita de animais à espreita, de felinos, de suçuaranas como as que temíamos encontrar no deserto, estava desperta como se soubesse que a vida tem limites, como se eu os visse.

E de algum modo era assim: na época eu não pensava muito na morte, apesar de estarmos sulcando uma terra que parecia florescer em ossadas cada vez que chovia, mas eu ainda sentia o corpo sujo da minha vida antes de Estreya, de Liz e da carroça. Assim que eu punha o pé no chão me invadia o cheiro de terra molhada, me ensurdeciam os cochicheios dos apereás, me fazia tremer qualquer brisa, me acariciava o aroma da menta que crescia entre as gramíneas, o das pequeninas flores laranja e violeta que se encastoavam no barro, me doía o roçar dos cardos, me enchia a boca de saliva a cozinha de Liz — que se virava para fazer seus copiosos desjejuns nas cozinhas cavadas no barro: ovos mexidos, bacon frito, torradas, suco de laranja até que as laranjas acabaram, chá, tomates fritos, feijão branco. E o corpo de Liz me alimentava como um sol um girassol, como seria difícil manter a cabeça erguida sobre os ombros se ela tivesse deixado de me olhar, eu sentia a força da atração como se há de sentir um campo gravitacional, como aquilo que nos permite ficar de pé. Ela era meu polo e eu, a agulha imantada da bússola: todo o meu corpo se estendia até ela, se amiudava de desejos concentrados. Foi sob o império dessa força que comecei a sentir e hoje creio que é possível que seja sempre assim, que se sinta o mundo em relação aos outros, com o laço com os outros. Eu me sentia viva e feroz como uma manada de predadores e amorosa como Estreya, que festeja cada manhã e cada reencontro como se o surpreendessem, como se ele soubesse que poderiam não ter acontecido, ele sabe, meu cachorrinho, que o azar e a morte são mais ferozes que a pólvora e que podem irromper como irrompem as tormentas.

A ciência inglesa

De repente tudo se aquieta, o relvado suspende seu vaivém — a relva se mexe como uma ondeação nos pampas —, caía pesado o silêncio sobre cada coisa, uma nuvem negra que parecia distante nos cobria em poucos instantes com suas volutas de cinza quase escuro e cinza claro revoltas e cheias de iminência, apesar da textura suave que mostravam aos nossos olhos, de nós que pisávamos a terra, e dentro de pouco tempo mais, o tempo que demorávamos para guardar o futuro charque dentro da carroça, desabavam violentas sobre nós, explodiam com veemência tostando árvores e às vezes animais. Liz levava na carroça uma coisa da ciência, o para-raios Franklin. Corria quando a tormenta se obstinava, ajeitava-o no teto e o cravava no barro. Funcionava. Podiam cair raios como bombas à nossa volta e ficávamos isolados como sob um guarda-chuva. Eu amava os guarda-chuvas: havia dois na carroça. Um deles, nós o perdemos em meus experimentos. Tentei usá-lo aberto contra o vento e antes o usara como sacola, enchendo-o de grama para minha vaca, a que eu ordenhava desde que Rosario tinha chegado, e também como odre: tentara enfiar água lá dentro para ver se servia de transporte. Nosso gaúcho tinha feito um teto de palha para a boleia e lá se refugiava com Estreya quando chovia, quando o céu era uma massa esponjosa de diversos tons de cinza; a luz, uma espessura lívida e mortiça e todo o azul-celeste era quase negro e parecia conspirar para nos aplastar. Liz e eu nos enfiávamos dentro da carroça empapadas, com a roupa colada no corpo, o cabelo gotejando sobre o rosto, os pés navegando nos sapatos. Quase nunca tínhamos tempo de pegar as capas de chuva. O que ficava suspenso no ar, e o próprio ar, antes da tormenta, parecia uma inalação sustentada pelos foles de uma máquina que o reunisse como combustível para uma explosão ou uma manada de bestas presas que rompessem as cordas; invariavelmente a quietude era sucedida por um movimento louco, um entregar-se à violência do vento que parecia aproveitar a súbita escuridão para açoitar o mundo quase invisível nos lampejos metálicos cravados em todas as coisas que se mantinham de pé, e se agregava uma linha nova às do céu e da terra: a de tudo que crepitava, que se partia e voava com fúria, como arrancado de uma quietude na qual houvera preferido permanecer. Porque a quietude é a natureza dos pampas; a atividade acontece sobretudo debaixo do solo, no húmus que é matéria e continente, que é matriz antes de qualquer outra coisa. É um país de aventuras vegetais o meu; tudo de mais importante que acontece, acontece com a semente, acontece em silêncio e às cegas, acontece no barro primordial do qual viemos e para o qual decerto vamos: a semente no negrume se infla de umidade, esquiva-se de apereás e viscachas, irrompe no talo, em folha verde, atravessa a entranha, emerge ainda munida dos seus dois cotiledôneos até que consegue extrair força suficiente do sol e da água para deixá-los cair, e aí aparece a vaca e come esse mato que nasceu ali no chão e se reproduz, a vaca, e se multiplica lenta e segura em gerações de animais que vão parar, quase todos, na degola, e o sangue cai no chão das sementes e os ossos constroem um esqueleto de delícias para carcarás e minhocas, e a carne viaja nos navios frigoríficos até a Inglaterra, outra veia, cruenta e gélida, dessa trama que vai de todas as partes para o centro, para o coração voraz do império. Nosso cerne é o de matriz. Ações surdas, cegas, como eu já disse, primordiais, invisíveis, ligadas ao magma de todos os princípios e todos os fins. O cerne da Inglaterra é outra coisa. É a ilha do ferro e do vapor, da inteligência, a que se constrói com base no trabalho dos homens e não no trabalho da terra e da carne.

A carne, tão frágil a carne, tão suscetível de azares violentos como as tormentas que desabavam em cima de nós quase sem advertência no deserto. Nós duas nos enfiávamos na carroça. Tirávamos a roupa, secávamo-nos com aquelas toalhas que chegavam dos moinhos de Lancashire e tinham saído antes do delta do Mississippi e dos látegos que choviam sobre os negros nos Estados Unidos: quase cada coisa que eu tocava conhecia mais mundo que eu e era nova para mim. As toalhas, o entramado fino, a esponja que abraçava, as toalhas nos envolviam e depois a camisola e a lã das mantas e o pelame das vacas e a pequena luz de uma vela de sebo: um lampejo de amarelo quase marrom na penumbra quebrada pelos estalidos prateados e fugazes e o barulho do vento e da chuva. Eu me apoiava em Liz. E ela lia em voz alta. Numa dessas noites, acho que a da primeira tormenta, mas me recordo de toda essa viagem tingida com a aura do novo e não pode ter sido tudo uma sucessão de primeiras vezes, embora talvez tenha sido, e eu voltei a nascer nos mesmos pampas em que havia nascido catorze ou quinze anos atrás, seja como for, a carroça se sacudia um pouco na tempestade e Liz começou a ler para mim *Frankenstein*, aquele monstro feito de cadáveres e de raios, o pobre monstro sem pai nem mãe, o monstro solitário que a ciência inglesa havia fabricado com a mesma luz que caía ao redor de nós como munições naquele momento e que, conduzida por aparatos semelhantes ao para-raios Franklin, se chamava eletricidade.

Senti um terror novo naquela noite. Estreya o cheirou, entrou na carroça e começou a lamber meu rosto; Rosario perguntou o que estava acontecendo, deve ter sentido o cheiro também, Rosario era baqueano, contei-lhe a história do monstro e ele começou a gritar de lá de fora que não podia ser, que o que Liz tinha lido para mim eram puras mentiras, que só Deus podia criar a vida e não um gringo com um raio, e, que se não fossem puras bobajadas, também seria possível criar animais novos. Liz o convidou a entrar e serviu três uísques e outros três e outros três mais. Rosario, já Rosa para mim e Rose para Liz, pensou em vacas com patas de xuri e cabeça de suçuarana, para que pudessem se defender e, se não, correr. Em ovelhas com patas de pato, assim cruzariam o rio sem problemas. Em cavalos com pele de ovelha, para passar o inverno. Em árvores de vacas. Como as de ovelhas, contou-lhe Liz: quando o algodão chegou à Europa, aquele mesmo algodão das toalhas, acreditavam que os cordeiros cresciam como botões em árvores gigantes de troncos tão fortes e flexíveis que permitissem aos seus frutos pastorear alegremente. "Outra bobice, como esse aí feito de mortos e de raios", concluiu Rosa encantado e caiu dormido. Liz o deixou dormir dentro da carroça, e também Estreya, que tinha se enfiado na nossa cama. Em mim, deu um beijo na testa. Eu a abracei. Dormi me perguntando se os dragões não seriam animais da ciência elétrica inglesa, e, jurando a mim mesma que ia fazer tudo que fosse necessário para averiguar, dormi orgulhosa da minha curiosidade científica, eu, que até muito pouco tempo atrás não distinguia um domingo de uma quarta-feira nem um janeiro de um julho. Poucas vezes tinha me sentido tão contente na vida.

Ficavam suspensas no ar

Quando acordei, tarde, surpresa com tanta luz — eu costumava estar de pé antes do amanhecer —, a carroça estava úmida, quente como uma panela e, o que nunca antes, três ou quatro moscas zumbiam e pousavam em cima de mim. Espantei-as. Tinha tido pesadelos com os monstros da eletricidade: ovelhas de olhos vermelhos que atiravam raios em minha direção e me mostravam seus dentes de hiena. A líder, que era preta com chifres azuis e dentes inumeráveis — parecia um bosque de facões brancos aquela boca que ela tinha —, havia se lançado em cima de mim e abria as mandíbulas no ar como se quisesse me engolir inteira quando acordei. Estava aterrorizada, meu coração batia com tanta violência que pensei que todos iam escutá-lo. Mas não. Rosa roncava forte, Liz um pouco mais suave. Estreya nem se deu conta, deitou-se em cima de mim e continuou dormindo. Sua respiração plácida e o ruído do seu coraçãozinho sobre o meu foram impondo um ritmo harmonioso ao meu corpo. Eu me acalmei. Fiquei acordada por um tempo escutando o barulho dos pingos que caíam na lona da carroça. Pensava no terror de voltar à minha vida de antes e na Negra, a ovelha fizera com que eu me lembrasse dela; não era muito menos feroz a mulher que me criara; mesmo sem chifres e quase sem dentes, tinha nascido com uma fúria louca: a Negra me batia todo dia, com um pau ou um rebenque, diante de qualquer desobediência. E de qualquer obediência também. Ainda tenho nas costas as cicatrizes dos açoites. Como será que eu tinha chegado às suas mãos?, voltei a me perguntar. O que será que havia acontecido com meu pai e minha mãe? Salvo como no caso de Frankenstein, sempre houve um pai e uma mãe. E ali fiquei, metida num assombro: como nunca me ocorrera procurá-los? Quando eu era muito pequena, ela me disse que tinha me encontrado num baú na porta da sua casa. Havia um baú na sua casa, de madeira laqueada, muito mais lindo que qualquer outra coisa em todo o casario. Eu me metia lá dentro com charque e água, fechava a tampa e ficava quietinha, até respirava devagar. Esperava. Fazia o mais parecido com uma reza que eu sabia fazer: dirigia-me àquele Deus do qual tinha ouvido falar e lhe pedia que me tirasse dali. Repetia esta oração: "Tire-me daqui por favor senhor Deus, tire-me daqui senhor Deus por favor, senhor Deus, por favor senhor Deus pai tire-me daqui". Ou me convencia de que o baú era minha casa, de que iam voltar para me buscar e de que me buscariam ali dentro, e de que podiam ir embora se não me encontrassem, então eu me enfiava nele sempre que podia, sempre que se distraíam, quando exageravam na cachaça e caíam de bêbados, todas as vezes que iam até a pulperia. Quando me encontrava, a Negra me puxava pelos cabelos e me marcava o couro a chicotadas por ser vagabunda, dizia. Quando cresci um pouco, continuei vivendo nessa fabulação; a Negra ria de mim, dizia que minha mãe devia ser alguma daquelas estrangeiras que acabavam como putas dos patrões na fazenda. Naquela noite, com Estreya em cima de mim, Liz do meu lado e Rosa a poucos metros, tão longe já, me perguntei se Deus teria me escutado, chorando como eu chorava então, quando ainda chorava: tão copiosa como silenciosamente. Meu pranto parecia uma inundação dos rios dali, pura água muda eu era. Fiquei pensando naquilo da puta do fazendeiro. Não tinha pensado antes: eu podia ser filha de patrão. Decidi que primeiro ia averiguar isso e depois a questão dos dragões; já tinha aprendido, Liz já havia me dito, que é preciso uma ordem e que as coisas se fazem uma de cada vez. Dormi em paz.

Ainda havia chá quente quando saí da carroça. Rosa tinha o talento do fogo: não havia um pau seco em quilômetros à nossa volta. Nada seco havia. E uma das rodas da carroça estava enterrada no barro dois ou três pés: tinha saído da terra batida da trilha. Havia uma vida infinita no deserto; sob o solo, um mundo de galerias de animais, um labirinto de túneis de distintas profundidades, às vezes paralelos, às vezes cruzados, talvez por isso as colheitas fabulosas, pois deviam estar espalhadas as raízes de todas as coisas plantadas nessa imensidão virgem de cultivos na época da viagem que lhes estou contando. As viscachas são animais laboriosos que usam as patinhas quase como se fossem cristãos e cavam profundos depósitos onde guardam víveres; brotos tenros, grama, raízes, sementes, as frutas que encontram. Quando um desses depósitos está abaixo de uma toca de apereás, forma-se uma cruz enorme que, no improvável caso de que lhe passe uma roda de carroça por cima, termina por desmoronar e a carroça fica atolada numa poça feita de barro e vísceras de filhotes esmagados. Naquele meio-dia, via-se os bichos nadarem por suas tocas anegadas, levando pelos dentes as crias que haviam sobrevivido ao aplastamento. Iam e vinham tentando salvá-las. A paisagem se estendia barrosa e mostrava suas entranhas, estavam expostas suas linhas de túneis e tocas, mais fundas, menos fundas, mais retas, menos retas, todas cruzadas. Cada passo era um esforço, era preciso arrancar as patas da terra.

Liz e Rosa estavam desolados; não poderíamos continuar até que o caminho secasse um pouco, as vacas mugiam porque o lodaçal as tragava, até os cavalos, em geral tão impulsivos, mal andavam, escolhendo bem onde pisar. E as mutucas picavam todos nós. Mas haviam aparecido os pássaros: preenchiam o ar de ruídos, banhavam-se aos gritos nos charcos, era como se nascessem da água, como se vivessem alguma vida latente até que se molhavam, como se sua vida participasse do ciclo das sementes de algum modo. E as cigarras, os sapos e as rãs matraqueavam e crocitavam em coro, agradecendo ao céu pela chuva que havia caído em cima deles. Havia abelhas também no vapor que o sol fazia levantar do lodaçal. Não iam para lado algum, ficavam suspensas no ar, zunzunando. O verão entrava em seu ponto de maior combustão.

Ao longe, vimos um umbuzeiro e algo que parecia um arroio um pouco mais atrás. Ter uma ordem de prioridades, pai-dragão, havia despertado em mim a lucidez: propus a eles que nos banhássemos, comêssemos e fizéssemos a sesta sob o umbu e saíssemos ao entardecer. Era bastante possível: o caminho parecia estar bem batido, só tínhamos de prestar atenção. Primeiro juntamos pastagem. Muita, molhada, nós a cortamos com o machete e a demos às vacas, que estavam enlouquecidas no barro, iam necessitar de força para sair dali poucas horas mais tarde. Depois fomos para baixo da árvore, preparamos outro chá, Liz trouxe um bolo de mel, havia um mundo dentro da carroça, inesgotável ele parecia, e tomamos o desjejum mais longo que havíamos tido até então. Contei-lhes meus planos. O do dragão causou riso em Liz, mas o do meu pai fazendeiro ela achou muito sensato: eram coisas que aconteciam o tempo todo, me disse. Ela se entusiasmou dando-me exemplos, e terminou voltando à carroça para procurar um livro. Trouxe o *Oliver Twist* e começou a lê-lo: um inglês órfão ele era, e sua sorte mudava quando encontrava sua família. Notava-se sua boa linhagem na moral irrepreensível, dizia ela. Eu ia encontrar a minha. Ou já a encontrara. Sim, disse-me Liz e acariciou minha cabeça, embora houvesse outra: a do nascimento. Essa eu ainda não encontrei.

Selamos animal por animal

Saímos quando o sol já baixava: não vou me aprofundar, não vou falar outra vez da luz nem de como amaciava até a grama que apenas um momento atrás era áspera e espinhosa, mesmo que florida. Naqueles dias, os pampas eram todos cardos cheios de ramos violeta mais altos que um homem alto: ali da boleia, a terra era uma suave ondulação violácea. Os bois, que abriam o caminho, terminavam tão cheios de espinhos e flores como os próprios cardos, eram plantas de quatro patas, cactos vaca, animais do tipo da ciência, dizia Rosa, que os escovava porque mereciam e os bois o amavam por isso, acho; seguiam-no por um tempo quando ele os soltava. Quanto ao resto, pareciam indiferentes a quase tudo. Talvez fosse o peso do jugo, quem sabe, pobres bestas: o trabalho embrutece. Marchamos em silêncio pelos leves rastros, já tapados pelos cardos, que a passagem da indiada havia deixado. Eram ligeiros os índios, como gatos, o sigilo e a surpresa eram sua marca, não deixavam quase nada para trás. Um pouco nós os temíamos. Nem tanto: ali estava Rosa que era meio índio, dizia ele; não parecia, era branco, sobrancelhas juntas, parecia antes um espanhol, um apereá espanhol de tão peludo, e era industrioso, sempre estava fazendo alguma coisa com as mãos. Mas era meio índio sim, a mãe do seu pai havia sido guarani e ele falava essa língua e sabia como gritar um sapukai e nos mostrou: seus olhos se injetaram, suas veias se inflaram desde o pescoço até a cabeça, ele ficou vermelho, gritou, e os apereás verdadeiros fugiram, os ximangos voaram, as vacas ficaram petrificadas, Liz craquelou o rosto de espanto, Estreya não o reconheceu e ladrou para ele até se cansar; entendemos que isso era fazer alguma coisa bem-feita. Metia um pouco de medo Rosa em sapukai, parecia outro, o do facão, o que ele dizia ser. Não adiantou muito explicar-lhe que íamos na direção dos índios Tehuelche, porfiou que índio se entendia com índio e não houve muito mais a discutir. Do que ele tinha mesmo medo era do fortim, havia desertado um tempo atrás, há quanto tempo?, não sabia bem o tempo, dizia ele, decerto que vários verões e vários invernos, tinha descido do Norte encilhando qualquer vaca que cruzasse com ele, Liz e eu calculamos que deviam ser uns dez anos. Queríamos ficar com as vacas, podíamos fazer queijo, dizia Liz, que acreditava que a prosperidade chegava apenas para aqueles que a perseguiam trabalhando. Ocorreu-lhe uma artimanha: marcar os animais com o selo do patrão que os mandara à Argentina para administrar sua estância. Mas havia um problema: não tínhamos selo. Encontrei um aro desses grandes nos quais se apoiam os eixos da carroça. Achamos que aquilo servia e selamos animal por animal. Eram trezentos e quarenta e sete. Não preciso dizer que íamos num ritmo lento: as vacas, a carroça, a falta de um caminho que não fosse a trilha, mais adequada para quem cavalga, a ameaça de um atoleiro ou de uma toca de viscachas a cada passo. Nada ajudava. Tampouco eu. Eu não queria chegar. Queria viver para sempre na carroça, nesse parêntese, os quatro sem inglês, Liz sem marido era o que eu queria, queria, não sabia o que queria, que me amasse, que não pudesse viver sem mim, que me abraçasse, que fosse meu o travesseiro que ficava ao lado do dela: tardei três dias em selar os animais, encompridei as sestas, servi uísques em abundância, havia três barris na carroça, fiz perguntas para que falassem. Desesperei-me de medo: a carroça era o baú da minha infância, se os amigos tivessem chegado a ele e as rodas lhe houvessem crescido, um outro mundo, um mundo meu de verdade. Todo o resto era uma ameaça de Negra, de vida com Fierro, de tapera, do silêncio intratável da brutalidade que eu havia conhecido: ninguém tinha nada a dizer além das coisas da terra e da carne, das vacas, da chuva e do estio, dos falatórios, de tal peão que tinha dormido com aquela tal, dos filhos que eram ao mesmo tempo seus irmãos e os filhos e os netos do seu pai, de será que o patrão vinha, será que não vinha, se viesse, será que ia castigar ou recompensar, se haveria um ataque de índios ou não. Não houve, os índios já tinham sido afugentados para Terra Adentro, para o deserto, ali para onde estávamos nós; os velhos se lembravam do passado, de quando a indiada chegava com a velocidade e a força de uma tormenta e deixava tudo morto; eram piores que uma praga de gafanhotos: os homens, as vacas, até os cachorros matavam. Diziam que não havia igreja porque tinham queimado a capela com as pessoas lá dentro. Um dos velhos, o que ficou com minhas crianças, era um menino quando isso aconteceu e viu tudo de cima de uma árvore. Escutou os gritos, sentiu o cheiro de queimado, ficou paralisado e mudo no galho mais alto esperando o raio divino que aplastasse os infiéis. Ficou dois dias lá em cima, e enfim desceu, aterrorizado mas convencido de que os índios não iam voltar por ora, porque já não havia nada mais para roubar ou matar. E seguro de que o raio divino devia ter caído em cima deles no deserto. Ele foi para o fortim e ficou lá até que o patrão velho voltou e o levou outra vez para a casa-grande com uns gaúchos que ele trazia junto com as vacas novas, aquelas belas vacas brancas com manchas marrons quase coloradas que durante minha infância foram quase todas as vacas; vacas inglesas, haviam sido encilhadas no navio. Esses eram quase todos os velhos que eu tinha conhecido, os que haviam chegado depois do ataque dos índios. Diziam que os índios não sabiam falar. Que só gritavam como animais, que destroçavam tudo como suçuaranas, que não conheciam a Deus nem a piedade, que violavam as mulheres porque não entendiam nada de carinho, que faziam guisado dos bebês cristãos porque eram mais tenros que os deles: sabe-se que quanto mais escuro mais duro, diziam os gaúchos, que se guareciam numa dureza que também era própria deles, bem curtidos e bem machos, não como os patrões, diziam. Por ser machos e duros é que faziam os trabalhos que faziam: causava-lhes riso imaginar o patrãozinho loiro e rosado como boiadeiro ou domando um potro ou boleando um xuri; não eram parecidos com o general Rosas nem com os primeiros patrões. Os patrõezinhos se divertiam na França, nas poucas vezes que vinham eram tratados com devoção, chamavam-lhes sinhozinhos e baixavam a cabeça diante deles, se tivessem rabo os meteriam entre as pernas. Curiosamente, estavam certos de que no mano a mano ganhavam deles. E em geral tinham razão; se houvessem se enfrentado com facões, o gaúcho teria saído andando. Ou galopando, disse Rosa, que num amanhecer de uísque nos ofereceu seu relato como quem se entrega ao amor: pôs-se em nossas mãos.

Sina de órfão

Sina de órfão também a de Rosa: com o rosto sangrando foi embora da casa da mãe. Não queria deixá-la, mas entendeu que o padrasto o mataria da próxima vez que se enfrentassem. O órfãozinho se foi acompanhado apenas de um facão e do Bizco, seu potrinho. Andou durante dias, ele acha: pouco se lembra, seu rosto latejava, as moscas zunzunavam em volta da sua ferida e a soalheira de Corrientes o cegava. Desmaiou. Não sabe como nem por quê, o cavalo não voltou para a casa da sua mãe, andou devagar, talvez consciente da fragilidade da sua carga, até uma estância. Os gaúchos o encontraram, levaram-no para o casarão, e uma velha curou seu ferimento com ervas e emplastros e palavras das quais ele já não se lembrava. Quando conseguiu falar, contou-lhe suas desventuras e a velha se apiedou, fez um lugar para ele na sua tapera, deu-lhe um pelame para descansar e o direito de se postar ao lado do fogo. Estava sozinha a velha, seu marido havia morrido e o filho tinha se juntado à guerrilha: ela vivia do cultivo de moranga e mandioca e da piedade do capataz. Com Rosa, sua sorte melhorou; embora moleque, já era bom na doma e começou a trabalhar com a tropilha. Ainda não tinha barba quando começaram a lhe mandar todos os potros bravos. Rosa não lhes batia, falava com eles, acariciava-lhes o pescoço, "tinha um mé-to-do", dizia ele, saboreando a palavra como se fosse um manjar; aprendera-a com certa dificuldade e a pronunciava como quem pega uma cigarreira de ouro, como mostrando uma joia que o enaltecia, uma espécie de coroa. O método tinha deslumbrado os gaúchos, que acreditavam que Rosa convencia os cavalos com feitiços e o importunavam quando estavam muito bêbados. Pediam-lhe que ensinasse a eles, não acreditavam em Rosa quando ele dizia que era só questão de falar devagar e abraçar o bicho, ameaçavam jogá-lo no curral dos touros bravos para ver se também os convencia de ficarem mansos, e não havia explicação que lhes bastasse. Não queriam acreditar que ele tinha um mé-to-do, dizia Rosa, que qualquer um podia usar. Já namorava, María se chamava a chinoca, as tranças mais compridas da fazenda, e fazia pastéis fritos e lhe falava baixinho, sabia contar histórias e gostava de ir com ele aos pântanos: Rosa tinha feito uma balsa, remava empurrando os camalotes, brincavam de enfiar paus na boca dos jacarés. Paus longos, claro, de longe, e tampouco faziam aquilo muitas vezes, era um espanto vê-los devorando uma garça de uma bocada só se a garça se distraísse, e bem que eram capazes de virar a balsa se quisessem. Não quiseram. Ele ia com María até as ilhas e tudo eram risos e beijos. Tinha aquele amor, tinha uma velha e a amava, tinha o Bizco, seu cavalo, que só ele podia montar. E tinha planos de voltar até sua mãe e libertá-la daquele gaúcho filho da puta. Então o patrão chegou à estância. Era um velho de barba longa e amarelada, parecia um sol aquele homem, e era bom. Pagou-lhes os salários atrasados, deu-lhes uma meia rês para o churrasco, mandou fazer chocolate, pegou o violão e deu uma festa, viva o patrão, gritavam todos, os moços, as chinas, os papagaios, as maritacas, as vacas, os cavalos, os sapos, os quero-queros e os grilos. Trouxe o filho, o sinhozinho, loiro também, parecia delicado, usava óculos e, embora nunca se tenha visto um gaúcho com óculos, o pai quis torná-lo homem. Os boiadeiros o levaram para viajar: ensinaram-lhe a bolear, a enlaçar, a caçar em geral, a atravessar os rios a cavalo, a cavalgar sob a chuva, a aguentar o sol e a desafiar. Ganhava sempre, deixavam-no ganhar. O velho patrão gostava do jeito que Rosa conduzia a tropa porque não machucava seus cavalos, "você tem um método", disse-lhe, e foi então que Rosa soube como nomear seu talento, "ensine isso ao meu filho". Ensinou, mas se deu conta muito cedo que o loiro não conseguia, não tinha jeito, não aprendia, então usava as noites para amansar os potrinhos e o outro ficava contente de manhã, acreditando que também ele tinha seu método. Pediu-lhe que o levasse a andar na balsa, Rosa falou-lhe do jacaré, o patrãozinho disse não tem problema, trouxe duas pistolas e voltaram arrastando dois jacarés enormes, assaram-nos, degustaram-nos, o loiro levou vinho e o tomaram, terminaram abraçados como amigos e desde então começaram a galopar juntos pelos campos do seu pai. Rosa sempre tinha que deixá-lo primeirear e com isso a paz estava assegurada. Uma tarde, depois de tomar cachaça em grande quantidade, quis porque quis montar no Bizco. Rosa lhe explicou que não, que somente ele podia montá-lo, que era seu cavalo, tinha salvado a vida dele e o amava, que era tudo que lhe restava da mãe. O loiro disse que se um bastardo conseguia fazer aquilo, ele também ia conseguir. Montou no Bizco: Rosa lhe falava no ouvido, pedia que relaxasse, começou a andar, parecia que tudo ia bem até que o loiro lhe deu um par de chicotadas. O Bizco relinchou, começou a saltar como um demônio, atirou-o ao chão, Rosa foi correndo levantá-lo, o cavalo tinha ficado ali por perto, o loiro voltou a montá-lo e bateu nele com sanha, o Bizco o jogou ao chão de novo, o loiro se levantou, agarrou as rédeas, pegou o facão e o degolou. Rosa se lembrava dos olhos do cavalo, o pobre animal olhou para ele pedindo ajuda quando já não havia nada a ser feito, e Rosa voou para cima do loirinho e o espancou. Gritou como uma china o desgraçado, vieram salvá-lo, bateram em Rosa, quando despertou estava estaqueado, o loiro veio logo depois, "então você me bateu, índio de merda, você vai ver, e tirou o pau pra fora e mijou em mim". Os outros riram sem vontade, igual quando deixavam que ele ganhasse. À noite se apiedaram dele e no breu mais escuro o soltaram. Ele pegou o melhor cavalo e fugiu. Escondeu-se num matagal, tinha que descansar de tanta estaca. Procuraram-no; como ninguém além do loiro queria encontrá-lo, ele ficou por ali escondido até que foram se esquecendo dele ou deram-no por perdido. Ele o esperou. Encontrou-o sozinho, galopando. Atropelou Rosa. "Nós dois caímos. Ele sacou a pistola, atirou, me atingiu, mas nem tanto que eu não conseguisse usar meu facão. Cravei-o nele. Enterrei o facão no seu ombro e depois tirei e lhe abri uma boca nova no pescoço. Deixei-o estendido, cuspi nele, mijei nele. E fui embora galopando." Outra vez ferido e sozinho, com cavalo e com facão, empreendeu uma marcha igual à primeira mas em sentido contrário: Rosa voltava para casa. Sua pobre mãe começou a chorar mal o viu, pediu-lhe que fosse embora, seus irmãos choravam temendo a fúria do padrasto. Rosa ordenou que saíssem, que se escondessem atrás de umas árvores. A mãe lhe rogava que não, que deixasse daquilo, que não era para tanto, que quem ia dar de comer a todos, que tinha medo de que ele o matasse, ele, seu filho querido. Rosa não escutou. Só ficou sentado dentro do rancho enquanto a panela cozinhava o guisado que sua mãe começara a fazer. O padrasto entrou, perguntou onde estão todos, que é que tu estás fazendo aqui, seu tape de merda, que estás procurando, eu estou procurando é tu, índio filho da puta, índio eu?, disse o velho desembainhando seu facão, pega o teu e vamos ver quem manda, Rosa pegou, se mediram girando em volta da panela, o velho estendeu o braço até o peito de Rosa, que se esquivou do ferro e o empurrou, o velho caiu, Rosa saltou, deu a volta, sentou-se no seu traseiro como se o montasse, agarrou-lhe os cabelos, disse-lhe seu filho da puta tu bateu na minha mãe e me cortou e socou meus irmãos, e abriu seu pescoço na jugular, sentiu-o morrer, sentiu cada sacudida daquele corpo odiado até que a vida o abandonou, diluiu-se com o sangue que se espalhava sobre um couro. Rosa levantou e arrastou o corpo para fora, pegou também o pelame e o cobriu, gritou à sua mãe que voltasse para dentro e desse de comer aos seus irmãos, arrastou o velho cerca de uma légua para dentro do pântano e o atirou bem perto de quatro jacarés. Viu como eles saíam da sua letargia e se aproximavam lentamente, certos de que a presa não lhes fugiria. Comeram-no. Rosa voltou à sua casa, despediu-se da mãe, disse ao irmão que o seguia que agora cabia a ele ser o homem da casa e foi embora como quem se dessangra: se foi para nunca mais voltar.

Queimava pontes

"São parasitas das vacas, piolhos do gado", disse-me Liz certo dia, "they are cow's parasites, cattle lice" foi a frase — esclareço para contar tudo com precisão —, falando dos gaúchos do mesmo modo que me contara que os morangos são vermelhos; sem paixão, sequer com desprezo. "E dos cavalos", eu acrescentara, eu sim com desprezo: queimava pontes. Para poder ir embora, é preciso tornar-se outro. Não sei como eu sabia disso, era tão menina naquela época; estava aprendendo com a velocidade e a força de uma locomotiva, uma daquelas máquinas que eu tinha jurado que ia ver e que veria avançar sobre pastagens e tolderias e pampas e montanhas. Tornava-me outra e deixava para trás os meus: primeiro a Negra, que me marcara a fogo mas tinha tido também seus dulçores. Hoje me lembro dela cuidando de mim muito pequenina. Recordo-me de uma canção de ninar. Recordo-me de panos frios na testa e ventosas no peito. E tive roupa e comida e uma língua para falar e uma casa. Se é que se pode chamar de casa aquelas taperas feitas de barro e bosta, sem mobiliário algum além de couro e ossos: puro resto de assado. De vacas e cavalos, sim, dali vinham os parasitas de que Liz falava, ela que acreditava então no trabalho mais que em seu Deus Pai, daquela vida de carne e água que levávamos, sem cultivar nem morangas nem legumes, sem tecer, sem pescar, quase sem caçar, sem outra madeira além daquelas que caíam das árvores, e apenas para fazer fogo. Vivíamos meio perdidos, como num estupor, sentados sobre crânios de cavalos e de touros, calçados com botas de potro, comendo carne todo dia e toda noite, indo trocar pelagens por cachaça, cevada e tabaco na pulperia, encilhando animais ou marcando-os. Dormíamos todos apinhados, uns em cima dos outros fervilhando como fervilham as larvas amontoadas, embaixo de pelagens no inverno ou perto de uma fogueira feita com paus secos e bosta de vaca e cavalo para afugentar os mosquitos no verão. Amontoados. Todos. Borborejando os paus e as bucetas sem consideração pelo parentesco, exatamente como um magma de larvas. Creio que a Negra começou a me castigar por isso mesmo, por ciúmes, até os animais sentem isso, quando o Negro começou a me apalpar. Eu fugia dele, desde que tinha chegado à casa me metia medo aquele negro bêbado e desdentado, tentava me proteger junto à Negra mas ela me recebia com palavrões e pauladas, então comecei a ir para longe do fogo, punha estacas perto de mim, confiante de que se o Negro se aproximasse os paus cairiam, porque ele não os veria no escuro, bêbado como estava; eu tinha a companhia de outro órfão, um que era meio índio e que havia ficado ali na fazenda quando sua mãe morreu. Ela estava indo para Buenos Aires. Caminhando com o filho nas costas caiu, os gaúchos a encontraram desmaiada e a trouxeram, por pena. Não houve nada a fazer: contou que vinha dos índios, que tinha fugido, que queria voltar para sua família, pediu que por favor levassem o menino à cidade, foi empalidecendo cada vez mais e se findou. O garoto foi ficando por ali, davam-lhe comida e ele andava de rancho em rancho tentando agradar, como os cachorros. E ser útil. Procurando abrigo foi que aprendeu o ofício de gaúcho: levava e trazia água, fazia fogo mesmo na tormenta, pelejava com a suçuarana se encontrasse alguma. Terminou chamando a atenção do capataz, que achou que ele era menos larva que os outros e o ensinou a trabalhar. A fundir o metal e dar-lhe formas, a derrubar com o facão as poucas e mirradas árvores que havia para fazer lenha, a cuidar do pomar do patrão. Raúl ele se chamava, e quando comecei a fugir dos negros me juntei a ele. Era um órfãozinho com pescoço de touro, mãos fortes e cheias de saberes, um resplendor de beleza. Armava os troncos como armadilhas e estendíamos nossos pelames sobre o pasto. Conheci com ele a delícia que pode ser a carne, a doce alegria de ser esperada e festejada. O Negro o confrontou um par de vezes com ferocidade de patrão roubado, mas era velho, o Negro. E Raúl, bom. Mal lhe cortou a cara. Precisava tê-lo matado, pensei então e tive razão: o velho filho da puta me apostou numa mesa de truco e Fierro ganhou dele, e os dois me arrastaram pelos cabelos à igreja, dois cavalos que irromperam num galope até chegar lá, e me casaram. Parei de falar. Já não havia nada a fazer. De longe Raúl olhava para mim e eu para ele, e quando nasceu meu primeiro filho, Fierro viu sua cara de índio, Fierro que chegou dois dias mais tarde como se fosse um barril de cachaça e que nunca tinha se olhado no espelho, na madrugada seguinte apareceu morto o meu amor, com a cabeça rachada ao meio como um cânion. Estava bêbado e deve ter caído, disseram. Todos nós sabíamos que não. Não bebia, o Raúl. Quando o capataz voltou, já estávamos em outro casario. E ele até gostava de Raúl, mas o morto não era seu filho.

Fierro matou meu Raúl, creio que só não me matou porque eu era a única china loira que ele tinha tocado em toda a vida e eu era sua e isso o distinguia dos outros, eu era um luxo do patrão, levou-nos para outra fazenda e partiu na função de arrieiro. Meses depois apareceu, cansado e sóbrio, e viu seu filho. Tem, como ele, uma estrela de lunares na virilha. Vi que seus olhos se nublaram e ele me falou com ternura. Não respondi. Não podia gostar do bêbado de merda do Fierro, nunca tinha gostado, e muito menos depois que matou meu Raúl. Por sorte, eu não o via muito. Tomava cuidado para que ninguém me tocasse, e mesmo ele não me tocava muito. Abre as pernas, me dizia de vez em quando, e se sacudia dentro de mim por uns instantes e ia embora. Quando não estava encilhando estava na pulperia ou dormindo na terra com os outros. Estava borracho e caí por aí, dizia ele. Para mim, contanto que caísse em qualquer lugar longe de mim, dava na mesma. Pensei em matá-lo nas vezes que dormiu ao meu lado, uma noite peguei o facão para enterrá-lo com força no seu cangote e aí me paralisou uma pergunta: para onde eu ia fugir? Fiquei dura como uma estátua de assassina: todo o peso da imagem nas duas mãos que sustentam a faca acima e atrás da cabeça, as costas arqueadas, a respiração suspensa. Gostaria de poder dizer que um raio de luar se refletiu no fio do metal, mas não posso. Era muito sujo, o Fierro.

Não tive que matá-lo, ele foi levado. E eu parti sem saber para onde. Também traí Fierro, como traí a todos, menos Raúl: nosso plano era fugir dali.

Um profeta do pincel

De Liz soubemos menos, o pouco que ela nos contou: tivera pai e mãe, granjeiros escoceses, colorados como ela. O pai era granjeiro por acaso, gostaria de ser artista, era artista, passava mais tempo com suas telas do que colhendo batatas, a mãe zurrava de cansaço entre a horta e a educação dos filhos, mas o amava e amava que ele pintasse, deslumbrada pelas paisagens do seu homem, sempre massas de luz, a de Jesus nosso senhor, pensava ela, que acreditava que o pai dos seus filhos era uma espécie de profeta do pincel. E um pouco ele era, diz Liz, achava que Deus fosse feito de algo semelhante ao sol e explicava-lhe o mundo como se fossem massas de cores. Mesmo na maior escuridão, quando parece que Ele não existe e o desamparo nos aplasta, é preciso olhar bem: algo reluz, algo nos guia, é preciso seguir em frente em busca de uma cintilância. Ele as encontrava em lívidos revolteios das nuvens da Escócia e nas cascas de batata sombreadas, fulgurantes seus contornos; torvelinhos de pelos da tosquia como pirilampos contra o branco felpado de um céu em movimento, o velho Scott sabia pintar branco sobre branco e era possível distinguir um do outro com um simples olhar, e o sol caindo pesado, esfumando mar e pastagens: um Turner campesino, explicou-me Liz enquanto desenrolava alguns quadros do seu pai e eu entendia as massas luminosas, como não entendê-las nesses pampas, mas não as de Turner, então ela pegava outra tela, *Steam-Boat off a Harbour's Mouth in Snow Storm*, uma cópia que seu pai tinha feito para vender lá na sua aldeia, e outra ainda, a que mais me impactou: uma locomotiva surge negra e feroz do laranja espesso e no entanto um pouco translúcido de um amanhecer sobre um rio no qual mal se percebe um bote, o Tâmisa, disse-me Liz, da ponte de Maidenhead, tão de ferro quanto a locomotiva, que vai de Londres para o Oeste, e o quadro se chamava *Rain Steam and Speed — The Great Western Railway*. O céu é denso pelo smog, me explicou Liz: o ar de Londres era sujo, havia carvão flutuando, e essas pequenas partículas faziam duas coisas ao mesmo tempo: refletiam o amanhecer, multiplicavam-no, e faziam do ar um espaço turvo. Gostei muito de toda aquela luz, a do senhor Bruce Scott, pai de Liz, e a de William Turner com sua locomotiva e seu bote, uma luz tão parecida com a nossa — Turner também era nosso profeta —, uma luz tão parecida comigo mesma, com todos nós, sucedendo no ar dos pampas, tão mais diáfano, observei, que o da Inglaterra. E tive razão. Quis pintar, Liz sabia como, e comecei.

Pincel na mão, fascinada com a paleta de cores da aquarela, tentei fazer os bois e nós mesmas. Não me saí de todo mal, e Liz continuou contando. Ela fazia, feliz como um coelho comendo cenouras, disse, caminhadas com seu pai e falavam da vida, dos livros que ele lhe fazia ler, da escola, da incógnita do futuro. Quando conheceu Oscar, tudo se aclarou: decidiu partir para fazer fortuna ali nos pampas. Não sabia muito, salvo que eram terras quase virgens de qualquer cultivo. O pai a incentivou, disse a ela que fosse para essa nova luz americana e que voltasse, que ele a esperaria. E ali estava ela, dirigindo minha mão estremecida pelo contato com a sua no céu azul-celeste desse mundo novo, indo buscar a fortuna que lhe pertencia e que libertaria sua mãe da granja, seu pai de qualquer coisa que não fosse pintar, suas irmãs de qualquer matrimônio indesejado, e seus irmãos, das batatas e do frio inglês de quase o ano inteiro.

Quando se cansou de falar, Liz me beijou suavemente, de leve, eu me atrevi e passei lenta minha língua pelos seus lábios, lenta a língua pela língua, em chamas como a locomotiva de Turner no incêndio do amanhecer londrinense. Ela me afastou um pouco, com ternura, e me disse que continuasse com a aquarela que eu estava indo bem.

SEGUNDA PARTE

O FORTIM

Um conjunto vistoso

Estreya nos trazia seus achados: deixava cair ossos aos nossos pés e se sentava abanando o rabo, orgulhoso, como se nos estivesse entregando ouro. Acariciávamos sua cabeça sobressaltados, pensando que nossos próprios esqueletos podiam ter a mesma sorte, nos abraçávamos, nos amávamos ainda mais no fedor da morte das cercanias do fortim, nosso amor se consolidava diante da percepção da precariedade que somos, nos desejávamos nas nossas fragilidades, começamos a dormir todos juntos ao redor da fogueira na tentativa de montar guarda permanente, o que se tornava mais difícil à medida que o tempo passava: as noites eram cada vez mais longas, como as sombras durante o dia. Liz tinha títulos que certificavam a posse da terra à qual se dirigia, cartas com o selo do Lord que a enviava, uma escritura portenha que as referendava, mas how could you be sure se esses selvagens do exército argentino sabiam ler, ela se perguntava, and even if they know, tampouco podíamos estar certos de que não lhe roubassem os títulos e nos matassem. Estreya começou a uivar certa madrugada. Acordamos com medo, Rosa e eu fomos ver o que o cachorrinho nos mostrava. Eram seis corpos de índios recém-mortos e uns seis mil ximangos bicando-os e bicando-se no afã de conseguir um bom naco. Seja como for, os quatro homens, a mulher e o menino quase não eram nada além de restos de carniça de ave.

Não nos detivemos muito na contemplação. Liz começou a ordenar com força: que não podiam nos surpreender, que além de ser é preciso parecer, que éramos uma delegação inglesa e teríamos de respeitar seus protocolos. Ela mandou que nos trocássemos: Liz de senhora, eu de varão inglês, Rosa de servo com libré, até isso havia na carroça, uniformes para cada estamento da estância como os haviam imaginado o Lord e seus administradores, Liz e Oscar. Éramos um conjunto vistoso, penso eu, avançando por ali naquele comedouro de ximangos, eu com minha sobrecasaca, Liz com seu vestido, Rosa com seu uniforme, muito mais luxuoso que qualquer um daqueles que veríamos mais tarde.

A poeirada pode parecer estática

Uma nuvem de terra se levantava entre o chão e o céu limpo, celeste, sob os raios que caíam com força de chumbo: chegamos num dos últimos meios-dias do verão. A poeirada pode parecer estática, pode parecer algo tão próprio do céu como o sol e os ximangos, mas não, se ela se levanta do chão há movimento, e se há movimento há perigo: é preciso distinguir o quê ou quem a provoca, interrompe a queda do pó ao chão e o mantém no ar, peleja com a gravidade e ganha dela. Rosa se adiantou, todo rígido em seu uniforme e em sua sela inglesa, essa coisa horrível, dizia ele, embora fosse nítido que se sentia mais seguro com a roupa, apesar de se notar que ele estava incomodado, meio asfixiado pelo colarinho duro, e montado em cima daquele artefato que o entorpecia: Rosa avançava aos soquinhos, com uma cadência de general. Parou perto e em pouco tempo se aclarou um pouco a cortina de terra que havia diante dele. Então entendemos de onde saíam as minhocas, os vermes, os apereás, as lebres, os macucos, os ratos, as viscachas, os armadilhos, os pichiciegos, os tatus, os matacos, os nhandus, os xuris, os veados-vermelhos, as suçuaranas e os porcos-bravos que vinham em nossa direção numa carreira desabalada, desenhando linhas retas como balas, e se dispersavam no nada dos pampas. Quando caiu outro bocado de poeira no chão e vimos as cabeças de terracota dos gaúchos que mal assomavam de uma fossa, com uma montanha de terra atrás deles, soubemos o que era aquilo que se estendia pelo horizonte que conseguíamos ver ali da carroça. Apontaram brevemente uma direção para Rosa e voltaram a cavar, e a linha já não se interrompeu; mal divisamos o corpo em cima do cavalo de um milico tão sujo como os gaúchos. Falou com alguém, olhou para a carroça, aprumou-se e saiu trotando, decerto para avisar sobre nossa chegada. Rosa voltou, desceu do cavalo, pediu a escova e se encarregou de seu uniforme, sua sela e seu cavalo. Let's go, disse Liz, e arrancamos para a entrada do fortim. Las Hortensias era seu nome, embora não merecesse nome algum que o associasse a uma flor.

Ai, my darling, ande, ande

Fomos guiados até a casa-grande da fazenda. Era uma construção enorme, de um branco impecável, luminosa como um animal forte e saudável, era cheia de varandas, o chão tão encerado que dava medo de escorregar, um jardim cheio de flores e de pássaros cantando, um algibe e no meio, sentado numa cadeira forrada de vermelho da qual não consegui tirar as mãos mal comecei a tocá-la — tinha fios curtos, se eu a acariciasse para um lado a cor era mais escura, para o outro mais clara, e era macio esse tecido da poltrona —, sentado ali nos esperava o coronel. Ele se levantou assim que nos viu. Inclinou-se. Beijou a mão de Liz e começou a falar com ela. Percebeu que era inglesa depois de duas palavras e ficou contente de falar com alguém nascida em tão grande nação, a loira Albião, disse rimando e mudou de língua. Liz lhe regalou a cópia que seu pai havia feito do quadro da locomotiva de Turner, ao coronel não bastaram as duas línguas para agradecê-la, como se soubesse, disse-lhe, é para isso que estou aqui, para trazer o trem, os motores do progresso à Argentina, ai, my darling, ande, ande, vá para os seus aposentos, acomode-se, sacuda a terra dessas lhanuras, vou mandar encher a tina, há um quarto também para o seu irmão, por favor, por favor, china, leve os senhores para os quartos de hóspede. Assim que pôs os pés nos pisos de madeira dos salões, nos tapetes e viu os quadros das paredes, Liz se transformou, como uma planta quase seca quando vê a chuva: pôs-se túrgida e começou a irradiar, os olhos, a pele, os dentes, toda ela. E por fim conheci aquilo de que ela me havia falado tantas vezes: numa crista-leira, uma caixa de madeira com uma porta de vidro, havia um anel. E no centro do anel, o diamante, aquela pedra pela qual os homens se matavam. Era maravilhosa, como se estivesse contida numa só gota a água mais limpa do mundo, ao mesmo tempo delicada e forte.

As cores se desprendiam
dos seus objetos

As cores se desprendiam dos seus objetos e flutuavam acima deles, tornavam-nos opacos, deixavam-nos para trás como cadáveres, como cascas esmigalhadas de ovos prenhes de vermelhos e brancos. Branco, eu via o branco da pele de Liz subir por sobre a mesa, por sobre os manjares que Hernández havia disposto para nós, por sobre o próprio Hernández, que tinha começado com a cantilena de que hoje a indústria pastoril representa também civilização, emprego de meios científicos e inteligência esmerada, por sobre a voz de Hernández subia o branco que se desprendia da pele de Liz, por sobre os criados que enchiam as taças sem parar, por sobre a baixela, ah, a baixela, aquela porcelana branca com desenhos azuis de um bosque, uma casinha, um rio, tão formosos, por sobre a jarra e a bacia, por sobre o estado de cultura de uma sociedade que dá o mesmo valor a uma obra de arte, uma máquina, um tecido ou uma lã, por sobre os talheres de prata que estavam dispostos como um arsenal cintilante na mesa e com os quais eu não sabia o que fazer e me ocorreu fazer o mesmo que Liz; por sobre mim mesma também o branco quando eu comi salada ao vê-la comer, cortei o pão ao vê-la cortá-lo, espetei e cortei o filé à la Wellington — que era uma carne de vaca vermelha como a que eu conhecia, mas rodeada de verduras e metida dentro de uma massa que se chama folhada —, se elevava por sobre o vinho a pele de Liz, ah, o vinho, conheci naquele dia o vinho bordeaux e meu sangue começou a borbulhar e a ver o branco que flutuava por sobre tudo, por sobre as taças e as garrafas, por sobre a caoba escura que revestia todo o salão, por sobre mim, por sobre o vestido de seda rosa e decote canoa, ou melhor, peitoril que Liz tinha colocado, um vestido francês, me explicou, e já tinha me contado da França, um país de gente elegante e artistas e mulheres de vida fácil, teve que me explicar também isso da vida fácil, que é algo ao qual só as mulheres têm acesso, por sobre a voz de Hernández, que ecoava por todo o salão, em cada canto, em cada fissura da matéria flutuou a iridescência pálida, por sobre a indústria agropecuária e o aumento da população do globo e a aglomeração sobre pontos determinados pela sua riqueza natural, por sobre os atrativos da vida social, e por sobre outras muitas circunstâncias, por sobre a própria Liz eu via aquele branco, o doce nascimento dos seus seios e a redondez que nenhum tecido escondia, branca aquela pele fulgurante no salão do fazendeiro junto com o colorido, os caudais do cabelo de Liz que refletiam em seu peito como o reflexo de um rio, aqueles cachos colorados que se moviam em diversas correntes, como plantações de sorgo sacudidas por ventos distintos, ah, tudo o que tornou exigente a necessidade de fomentar e desenvolver a agricultura e a criação de gado, movia o cabelo de Liz sobre seu rosto, ocultava-a e a mostrava como uma criança numa brincadeira, cadê, achou, que não só são as fontes que proveem a satisfação das necessidades primordiais, e as pálpebras, as pestanas ruivas e curvilíneas jogavam o mesmo jogo com aqueles olhos azuis quase transparentes, os olhos meio de fantasma que ela tinha, e seu cabelo caía sobre o peito e ai, pobre de mim, fiquei estaqueada, e o coronel dizendo que também proverá as comodidades e o bem-estar das classes trabalhadoras, e o luxo das classes privilegiadas pela fortuna, paralisada eu, quase não conseguia mexer a mão direita que levava a taça da mesa à minha boca, aquele branco, aquele vermelho haviam me velado as outras maravilhas que conheci naquela noite, o cristal das taças, a toalha bordada com faisões, os vasos e as flores, as bandejas entalhadas, eu nem falar podia mas ninguém esperava que eu dissesse alguma coisa, eu, o little brother, Joseph, Joseph Scott, havia me apresentado Liz, e o coronel fazendeiro se avalentava, sentia-se touro, engrandecia-se, suas costas cresciam, seu peito se adensava, sua barba se desenrolava em cachos e ele ficava vermelho, parecia ver a mesma coisa que eu via, Liz se movia como se move uma suçuarana que sente a própria força, era uma Liz fera, era a própria vida prodigalizando suas melhores carnes, as mais vivas, as mais alegres carnes, e o coronel fazendeiro falava das suas vacas, da indústria rural, que fazia só trinta anos que ele tinha visto chegar o farol da civilização, de éguas falava aquele Hernández olhando para Liz que sacudia suas crinas, uma alazã parada sobre as patas traseiras, forte e brunida de branco e colorado e rosa enquanto o velho prosseguia com sua ode ao progresso dos pampas, o que ele trazia, deixando para trás os modos não civilizados das estâncias anteriores a ele, isso não era uma indústria, com exceção da doma dos potros baguás, porque é importante que o animal selvagem seja transformado em animal educado e útil, dizia e se babava e continuava com o surgimento dos touros Durham, os cavalos ingleses de corrida e os frísios, as ovelhas e os carneiros Rambouillet, ah, a melhoria da raça com as raças europeias e daí ele ia direto para a transformação que estava fazendo: um povo que passa de um emaranhado de larvas a uma massa trabalhadora, imagine isso, milady, não será sem dor, mas, ai, é preciso sacrificar nossa comiseração, todos temos de nos sacrificar para a consolidação da Nação Argentina, ia dizendo com a voz cada vez mais pastosa mas sem se apequenar, continuava crescendo o cristão, Hernández experimentava um processo vulcânico e seu olhar ficou inquieto, estamos enfiando na carne desses vermes a música da civilização, serão massa de trabalhadores com os corações pulsando em harmonia com o ritmo da fábrica, aqui as cornetas tocam no ritmo da produção para que a alma anárquica que eles têm se discipline, dizia e seus olhos se perdiam, cada um ia para um lado e depois se procuravam até a vesguice, como se não pudessem se focar em nada, até que se pôs candente, suas pupilas quase se juntaram, disse que tudo o mais era agreste, primitivo e brutal, e por fim desmoronou, sua cabeça de patriarca rural caiu sobre a mesa, lançando-nos a seiva da sua queda: o vômito saltou dele caudaloso, partiu em dois o prato à sua frente, os restos do bife à la Wellington ficaram cheios de sangue, as taças se derramaram e o vinho se espalhou pela toalha, as garrafas d'água caíram e escorreram até o piso gota a gota, viscosas como as palavras do fazendeiro, e pulou no chão uma cabeça de porco, que seria o terceiro prato, numa trajetória própria de uma ave ou de um canguru, sim, isso eu também tinha aprendido com Liz na carroça, havia cangurus no mundo e eles eram como lebres enormes mas com uma bolsa na barriga para levar suas crias a passear, e andavam em duas pernas e eram capazes de dar saltos de metros.

Gozar também

Foi nesse momento que Liz se pôs de pé, chamou o criado, mandou que ele levasse seu senhor e o limpasse, chamou uma das chinas, pediu que esquentasse a água para um banho, foi até onde eu estava, tirou a taça da minha mão, tomou-a na sua e me levou para o seu aposento, um dormitório enorme com uma enorme banheira, a cama como uma carroça luxuosa e sem rodas, até teto tinha, colunas de madeira lavrada, dossel é como se chama, pendia do teto uma seda finíssima, translúcida e dourada suspensa em dobras cheias de ar, nuvens quase transparentes pareciam aquelas dobras, não preciso nem dizer que eu nunca tinha entrado num quarto daqueles, nunca tinha visto nada além de taperas, com seu chão de terra, de pelagens sobre as quais vivíamos e depois a carroça, então a cama com dossel, a seda, o amarelo suave e inquieto dos candeeiros, um sofá, e ali me sentei eu num cantinho, espavorida por tanta novidade e pelo branco e o vermelho de Liz que não paravam de crescer, ao contrário, tinham cada vez mais força, quase não havia nada já fora do seu domínio e quando ela se sentou ao meu lado e me mirou nos olhos com aqueles olhos de azul apagado que tinha, não restou nada de nada sobre o que eles não regessem, e restou muito menos quando ela me prensou contra o sofá e beijou minha boca longamente, horas ficou me beijando, nunca ninguém tinha me beijado tanto, e eu conheci a aspereza úmida e quente da sua língua, os arabescos da sua saliva entre meus dentes, seus dentes sobre meus lábios e conheci mais, conheci tanto naquela noite em que conheci também o vinho e as camas com dossel e as banheiras e as taças de cristal e os vômitos dos fazendeiros, conheci mãos tão frágeis e suaves sendo fortes contra minha camisa, abrindo-a com firmeza, pegando meus peitos, acariciando-os devagar, despertando o desejo, até apertá-los, até esfregá-los e fazê-los doer para depois chupá-los, curando-me da dor que havia me causado, como um bezerro Liz chupou meus seios e os mordeu como uma cachorra e voltou a lambê-los como um cordeirinho deve lamber, como Braulio lamberia, e voltou a beijar minha boca e então pude recuperar a capacidade de movimento e fazer o que queria fazer há horas: descobrir seu decote branco, enfiar minhas mãos entre a seda e a pele e libertar seus seios, que ficaram à mostra como o banquete em suas bandejas, como na mesa fiz o mesmo que ela, amei-a em espelho, lambi seus mamilos, tão rosados como a seda rosa do vestido que ela usava até aquele momento, porque tomei coragem e comecei a tirá-lo, mas ela agarrou minhas mãos com uma força que eu nunca achei que tivesse e ficou de pé e me levantou e me levou até a cama e terminou de tirar minhas calças enquanto me dizia my Josephine e good boy e me enfiava a língua como para me encorajar, como para me confortar e como para se assegurar do seu poderio, despiu-me completamente, tirou minhas cuecas e me cobriu com seu vestido, acariciou meu corpo inteiro com aquela seda e se sentou: apoiou toda a sua vulva na ponta da minha e começou a se mexer para a frente e para trás, a resvalar sobre meus resvaladouros, sobre minhas viscosas carnes íntimas, sobre minha buceta que latejava, soltava borbulhas como água fervendo, e eu via Liz ali embaixo quando se enredava para trás e a seda do vestido não me cobria os olhos, os seios se mexendo, seu pescoço arqueado para trás na direção dos calcanhares, o cabelo vermelho caindo quase até sua cintura pela curvatura que começava no pescoço e baixava por suas costas e se tensionava até a buceta e então acabou, ela se afrouxou num jorro sobre mim, gozou em cima de mim, me abraçou, me deixou beijá-la, virá-la, apoiar suas costas sobre a cama, abrir suas pernas e enfiar minhas mãos em suas entranhas, rosadas e coloradas como toda ela, sentir aquela carne molhada e macia e musculosa, lambê-la, sentar-me eu mesma em cima dela, sentir um novo ponto de apoio para aquele vaivém novo, olhar para o seu rosto branco, seus olhos transparentes sobre o cabelo vermelho esparramado no travesseiro e, por fim, gozar também.

Pernas trançadas

Quando abri os olhos, pouco tempo depois, mal havíamos dormido, Liz e eu estávamos entrelaçadas, seus cabelos ruivos e os meus palhiços, seu hálito quente e um pouco acre e o meu que devia estar parecido, seus seios pintalgados e grandes e os meus iguais mas pequenos, as pernas trançadas, nossas virilhas que não deviam ter se separado durante toda a noite a julgar pela massa pegajosa que se estendeu entre nós duas, elástica, assim que me mexi, quando meu corpo começava a se esfregar contra o dela sem que se intrometesse minha vontade, como se ele tivesse seus próprios planos, quando a claridade que entrava pelas fendas dos postigos era feita de raios que atravessavam a penumbra e douravam todas aquelas coisinhas que flutuam no ar dos quartos que deixam entrar a luz aos poucos, como filtrada, e então bateram na porta para anunciar o desjejum. O café da manhã era servido cedinho na fazenda; era, como eu soube depois, um costume militar levantar-se de madrugada, não importavam as atividades ou inatividades impostas pela jornada. Um beijo profundo, suficiente para me deixar molhada da cabeça aos pés, foi o cumprimento de Liz, e eu corri para o meu quarto para me vestir e sair pela porta que me havia sido destinada.

O coronel nos esperava na varanda com duas chinas, uma lhe servia o mate, a outra pasteizinhos, aquela maravilha dos pampas, uma espécie de flor com muitas pétalas ou estrela com muitos raios e coração de doce de batata, depois aquela mesma china me ensinaria a prepará-los. Hernández estava cinza-claro e nós duas, de uma palidez extrema. O fazendeiro estava, ou parecia estar, envergonhado: não falava conosco, só proferia insultos para as chinas de merda que queriam queimar a língua dele com o mate fervendo e com os pasteizinhos que recheavam com brasas as índias idiotas, idiotas ou assassinas, ou as duas coisas, dava na mesma. Tampouco olhava para nós até que Liz o tocou com uma das mãos, Coronel, how are you feeling this morning? We all ate too much yesterday, we were sick during the night, e o velho se animou, olhou para ela, tomou suas mãos, beijou-as e disparou a falar sem a fúria de um momento atrás e sem a solenidade da noite anterior, dava para ver que o fazendeiro era uma daquelas pessoas que levam a bebida a sério, pois o álcool torna alguns cerimoniosos, outros ternos, alguns belicosos, e podem ser todos a mesma pessoa conforme as horas vão passando, eu sabia muito bem, por causa do meu marido e das suas borracheiras, que haviam de se tornar lendárias quando seus cantos começaram a ser ouvidos em bocas que não eram a sua e em lugares que ele nunca tinha pisado, como eu iria descobrir ali no próprio fortim de Hernández. Filhinha, sim, comemos too much e é too much também a alegria de tê-la aqui, vamos comer esses ovos, esse queijo, esse pão e vamos tomar o chá de ervas curadoras desta boa terra e depois vamos sair para caminhar no ar desses pampas que curam. Embora também enfermem, olhe como saíram retardadas essas índias estúpidas que nem um mate sabem cevar.

O sol ainda estava fraco quando saímos atrás dele e das chinas que levavam a chaleira e os pastéis como se fossem parte do seu corpo, ou melhor, ao contrário, elas é que eram parte do corpo do mate e da comida, um apêndice das coisas que o coronel necessitava. As sombras ainda eram longas e todos os verdes do campo, e o próprio campo, pareciam brotos tenros embora já quase nada brotasse, eu me sentia tão viva como um animal, como meu Estreya que correu para mim com a alegria de cada manhã, que era, para o meu cachorrinho, alguma espécie de proeza ou triunfo, sem certeza alguma. Eu me sentia, também, um pouco desgarrada, como se o fato de ter separado meu corpo do de Liz tivesse me aberto uma ferida: não podia me afastar dela mais que alguns passos e, no entanto, ou talvez por isso mesmo, vê-la tão ela, tão inteira sem mim embora tampouco se afastasse, me fazia doer, me enchia de medo.

Aos meus sofrimentos de amante deu fim uma parede de gaúchos que pareciam lustrados como botinas britânicas, polidos como as taças de cristal da Boêmia do coronel, gaúchos cintilantes, eu diria, de tão limpinhos e penteados e elegantes: barbeados, com o cabelo para trás, eu podia jurar que perfumados, vestidos com bombachas marrons, camisa branca e alpargatas pretas. Assim como eu tinha ficado surpresa ao saber que os índios podiam ser heroicos lá na carroça, me deixou sem fala, foi quase uma revelação, que os gaúchos pudessem ser tão pulcros e esmerados, não me dava conta de que eu mesma tinha passado de china a lady e de lady a young gentleman. Aquela dança que executavam no ritmo dos gritos do capataz tinha duas partes, Um! Dois! Um! Dois!, como uma espécie de música miserável, uma música de obediência. Os gaúchos, de bruços, cada um sobre um pano branco, levantavam e baixavam seus corpos rígidos, tornavam-se tábuas e se sustentavam apenas com a força dos seus braços. Gym, disse Liz, this is great, you're a modern lord. Flexões era o que faziam, com uma sincronia que eu só podia comparar com a de alguns bandos de pássaros, os do casario, os pássaros se entramavam como se fossem uma única ave feita de muitas partes separadas, desde menina eu gostava de observá-los e continuo gostando, e os pássaros continuam se entretecendo como se no mundo nada houvesse mudado. Embora eu não tivesse tanta certeza de que gostava de observar aqueles gaúchos. Quando terminaram, levantaram-se todos de uma vez, enrolaram os panos até que se reduzissem a uma tira, guardaram-na num alforje pegado ao cinto, alinharam-se um atrás do outro, conservando a distância da largura do braço, e começaram a trotar em círculo. Era uma espécie de baile sem graça, aquela ginástica. Por fim os gaúchos pararam, abriram um pouco as pernas, conservaram-nas retas e inclinaram o torso até que puderam agarrar os pés com as mãos. Fizeram isso muitas vezes, e por fim o capataz ordenou Descansem.

Bom dia, irmãos gaúchos!, gritou o coronel. Bom dia, irmão patrão, Deus o abençoe com uma vida longa!, contestou o coro viril dos moços ordenados em cinco filas de vinte, dos mais baixos aos mais altos. Hora da declamação, meus gaúchos! Senhor, sim, senhor!, e com os braços pregados ao lado do corpo, as pernas juntas e retas e o queixo apontando para o céu, troaram:

Ao que é amigo jamais
Larguem-no na estacada
Porém não lhe peçam nada
Nem esperem tudo dele
Sempre o amigo mais fiel
É uma conduta honrada.

Que os irmãos sejam unidos
Esse é o mando primeiro
Tenham laço verdadeiro

Em qualquer tempo que seja
Porque se entre eles pelejam
Devora-os o estrangeiro.

Irmãos gaúchos, lhes digo
Que vocês são meus amigos
A mim não peçam nada
Somos patrão e peonada
As faces de uma moeda

Como o revólver e os tiros.
Como a indiada e os pingos,
Como a Pátria e a estância,
Igual a flor e fragrância:
Todos puxamos o jugo,
fazemos o país juntos;
e construímos um destino.

Liz se levantou e aplaudiu quase bailando, fez flamejar os babados do vestido branco e primoroso que havia posto naquela manhã; a demonstração gauchesca a encantara. Quando se cansou e voltou a sentar-se, foi Hernández quem se levantou, tirou o chapéu, disse Senhor vos agradecemos por esses dons que nos ofertastes, vos rogamos uma boa jornada de trabalho, e iniciou: Pai nosso, que estais no céu, santificado seja o vosso nome, venha a nós o vosso reino, seja feita a vossa vontade, assim na terra como no céu, o pão nosso de cada dia nos dai hoje, perdoai as nossas ofensas, assim como nós perdoamos a quem nos tenha ofendido, e não nos deixeis cair em tentação, mas livrai-nos do mal, amém.

Vamos trabalhar, irmãos!, ordenou, e os gaúchos partiram em grupos separados. Hernández nos contou que aquilo que os gaúchos tinham recitado eram uns versinhos que ele tinha escrito numa época aziaga que havia passado escondido num hotel na Avenida de Mayo de Buenos Aires, quando ele conheceu a cidade portuária e viu a avenida com suas luzes e seus bares e seu teatro e suas casas espanholas. Bem, a primeira parte desses versinhos, que contavam a história de um gaúcho foragido, ele a escrevera lá, quando havia entendido o que tinha de entender: o gaúcho era parasita e mau porque não recebia educação nas estâncias em que trabalhava e porque os da cidade abusavam dos campos e eram mais parasitas que os próprios gaúchos.

O que tínhamos escutado era da segunda parte, quando já havia recuperado sua patente e se internara em Terra Adentro com seus próprios soldados, que estavam aprendendo a ser lavradores e vigias, arrieiros e atiradores, artilheiros e veterinários, estribeiros e domadores. Uma tarefa dura aquela sua, a de torná-los homens do seu século, um labor educativo que poucos entendiam. Muitos diziam que não era preciso economizar sangue de gaúcho, mas ele economizava, sim: considerava cada gaúcho tão parte da sua fazenda como era cada vaca, e não deixava que nenhum deles morresse sem razão. Até havia escrito uma continuação dos seus versos, um livrinho educativo, nos explicava, um manual para educar a peonada, para que entendessem bem que eram eles, os peões, e ele, o patrão, o coronel e seus soldados, uma só coisa. E o único país que existiria era aquele que estavam construindo para os coronéis e fazendeiros, que, como ele, tinham de aprender a fazer tudo sozinhos numa nação emergente, eram mais ou menos a mesma gente.

Olhe, olhe, suba aqui comigo, darling querida — o mate era cevado com um pouco de cachaça perto do meio-dia para abrir o apetite —, e Hernández começou a subir no mangrulho, todos o seguimos embora ele falasse apenas com Liz.

Uma vez lá em cima, abriu os braços com um gesto soberano, abarcou todo o horizonte dando uma volta como de dama num minueto, com passinhos graciosos, impensáveis para o seu corpanzil, e continuou: What can you see? Nothing but my work. There are no cities, no people, no ways, no other farmers, no culture. There's nothing here, minha querida. E o que você acha que eles sozinhos poderiam construir? O que eles construíram? Taperas sem mais adornos que os esqueletos e pelagens que enfiam lá dentro! São da terra, milady, iguais à terra, são feitos da mesma matéria que comem e não saem nunca do barro, de onde vieram e para onde vão. É preciso que eu esteja aqui, é preciso que estejamos nós, é claro que somos nós que necessitamos deles, mas podemos transformá-los em outros. A mim ninguém muda, vendi um milhão de livros, travei trinta e seis batalhas, cultivei tanto e tão longe que esses lindos olhinhos que você tem não alcançariam para ver tudo. Me dê outro mate, china de merda, você está dormindo?, encha bem, pegou o mate, tomou um pouco, começou a descer e dois gaúchos começaram a subir, acho que para amortecer com seus próprios corpos a queda, caso o coronel caísse.

Não caiu. Liz estava fascinada, olhava para ele com algo que parecia amor e que a mim me deixava quase sem fôlego. Saímos para dar uma volta, o velho de braços dados com Liz, e Rosa e eu um pouco mais atrás. Ele começou a me contar suas penúrias, furioso. Ele também tinha se lavado com sabonete: ali naquela estância, os gaúchos tomavam banho todas as noites antes de comer. Dormiam na cozinha, ao redor do fogão, todos os solteiros; não os deixavam ranchar sozinhos para evitar o vício. Que vício, Rosa? Você sabe, você me entende, não, qual, o de dois machos dormirem juntos ou de irem atrás das chinas e depois não conseguirem trabalhar, porque tudo que esse patrão gosta é que eles trabalhem e fiquem limpos e aprendam a ler e ir à missa. Não deixa fazer festas a não ser aos sábados, e isso porque tem cachaça aí a rodo, você vê o que ele mama. Ninguém pode ter mais de uma namorada. Tem que levantar quando soa a corneta, se assear, se vestir, tomar café e sair para a ginástica e depois trabalhar quando toca outra corneta. Fazem trabalhos diferentes, alguns nem sequer são ofício de gaúcho: forjar o ferro, talhar a madeira, moer o grão, isso ainda vai, mas cultivar flores e frutas, fazer pão, consertar sapatos, costurar camisas, isso é trabalho de china, Jose, e, claro, também semear o trigo e o sorgo e as morangas e as verduras, o patrão os obriga a comer verduras, e depois disputar o que cultivaram com as pragas, que comem tudo como se fossem suçuaranas comendo coelhos, e ainda por cima as geadas, as chuvas com granizo. É como estar numa guerra ser agricultor, Rosa me explicava, firme em seu propósito de ser um criador de gado e nada mais.

Apurei o passo, Liz e Hernández conversavam sob uma árvore de folhas vermelhas, sentados sobre um pano claro no qual havia frutas, água, queijo, pão e vinho. Era um piquenique aquilo. Ele lhe explicava seu propósito: era mais que uma fazenda, era uma cidade moderna que ele estava construindo com sua obra lenta, a transformação pela qual ele fazia o gaúcho passar desde que chegava à fazenda-fortim até que se tornasse parte daquilo. Primeiro era encarregado dos trabalhos mais duros, como cavar a fossa que começava a rodear a estância, não tanto porque o coronel acreditava que aquilo era especialmente útil, mas porque necessitava acostumar os homens novos ao trabalho, cansá-los para que de noite desmaiassem em vez de se embebedar e então ele não precisasse castigá-los — é preciso ter a cabeça muito fria para saber beber —, acostumá-los a se levantar e a se deitar à mesma hora, acostumá-los aos ciclos da atividade e à higiene. Além disso, era um ritual de iniciação, a fossa era quase um ferro em brasa, uma marca: a partir dali começava uma vida nova. Ele os fazia cavar sua própria fossa, sua fronteira, seu antes e depois. Era o primeiro passo para tirá-los do estado de larva. Depois começavam a auxiliar os mais experientes nas diversas tarefas. E havia a escola. Os que estavam ali há mais tempo já liam e escreviam. Hernández lhes emprestava a Bíblia porque a religião ensinava algumas coisas boas como a monogamia. E a obediência ao Senhor. And you are the Lord, aren't you?, perguntou-lhe Liz e os dois riram, e eu tive a primeira fissura numa fé que nascera em mim havia pouco tempo. Mas não liguei, se a vida ia me deparar mais noites como a anterior, eu não necessitava de nenhum deus, resolvi bem temerosa, porém feliz como estava.

Foi preciso conquistar uma terra à pátria, Hernández continuou explicando os ossos que rodeavam sua fazenda, os selvagens não cederam aquela terra de graça. E agora estamos conquistando uma massa trabalhadora, veja só meus gaúchos. E sim, dava para ver. Os casados tinham suas casinhas com mais de um quarto, the whole family não podia dormir junta, dizia Hernández, e eu tive de dar razão a ele. Todos gostavam daquilo? Não, alguns entraram na razão à força de estaca, outros de tronco, vários de umas quantas chicotadas e alguns escaparam e nunca mais voltaram, cansados da falta da sua cachaça diária e de não ter seu próprio dinheiro. O senhor não lhes paga? Não, eu invisto esse dinheiro, que raras vezes chega, na professora, na escola, na capela e nas casas das famílias novas. E na minha fazenda e na minha casa, também: são o comando geral da estância, a ponta de lança da nação, o progresso penetrando o deserto.

Uns Habsburgos atarracados e negros

O que Hernández nos mostrava era o homem do futuro: ele mesmo era um deles, eu caminho de ferro, eu força do vapor, eu economia dos pampas, eu semente de civilização e progresso nessa terra feraz e bruta, nunca antes arada, apenas galopada por selvagens que parecem não ter outra ideia da história além da de ser fantasmas e ladrões, uma fumarada triste sem noção de nada além de andar por aí semeando vandalismo; parecem flutuar sobre a terra, se não fosse pelo fato de roubarem e queimarem tudo que o trabalho do homem branco põe à sua frente, dir-se-ia que não existem, que são tão lendários como o Eldorado que nossos ancestrais buscavam. Os gaúchos, que costumam ser uma mescla de índio e espanhol, não herdaram dos seus avós europeus nem sequer o sonho do ouro regalado. Nem dos índios as passadas leves como se fossem coelhos. Nada. Foram bons soldados da Pátria, isso sim, são valentes os gaúchos, mas já não há mais guerra além daquela de conquistar a terra metro a metro com as armas lentas da indústria agropecuária. E aí não há nada que lhes interesse. Não têm noção de construção; vivem em ranchos putrefatos, todos amontoados. Não conhecem tabu; se não se deitam com a mãe é porque gostam das moçoilas, embora nem disso se pode estar certo, eu tive três, não, não, olhava seu livro de contabilidade, quatro casos de amancebados com a mãe: precisava ver como saíam os chininhos, meio anãos, cambaios, com os bracinhos fracos, até prognatismo tinham os filhos-irmãos de um deles, uns Habsburgos atarracados e negros e analfabetos e desdentados desde os treze, é o que me disseram, foi por isso que eu dei comida, trabalho e escola para esses animaizinhos, gargalhava o coronel. E tive de educá-los com métodos severos porque onde não há escola a letra se aprende com sangue, e às vezes até mesmo onde há. Olhem o caso da Miss Daisy... Eu trouxe uma das gringuinhas do Sarmiento para que lhes desse aula e apenas três ou quatro aprenderam algo, os demais, nem a escrever mamãe durante o ano inteiro. E ela foi violada por cinco, bateram nela com o rebenque até fazer saltar um daqueles seus olhinhos tão azuis como o céu manso, fizeram-lhe perder três dentes e lhe deixaram metade da cabeça sem couro cabeludo. Eu a vi passando, sim, uma gringa coxa e torta e meio pelada e sem dentes. Não perguntei por que estava coxeando, para quê. Mandei esses cinco para a outra escola e tenho que reconhecer a iniciativa deles de melhorar a raça: os bastardinhos meio gringos me saíram os melhores trabalhadores; há que se dizer tudo, tudo há que se dizer, dizia Hernández olhando para Liz com olhos tão libidinosos que parecia ter um pau duro de cachorro em cada uma das narinas. A gringa é valente, ficou de cama por uma semana e depois continuou insistindo em ser professora deles, pediu pela vida dos cinco, imagine isso, milady, eu estava admirado da piedade dela. Assim que conseguiu se pôr de pé, saiu uma madrugada e foi até onde estavam presos aqueles gaúchos por cuja vida ela tinha chorado em meus braços. Você precisava ver como ela havia se transformado em poucas horas, menos que a duração de uma noite, daqueles mansos olhos azuis lhe restaram um talho de um lado e uma fonte de ódio do outro, de gelo eterno ficou sua cor, nem sequer azul-celeste é hoje, dá medo, preste atenção quando você a vir.

Tirou-os da masmorra, mandou que estaqueassem os cinco. Armou com eles uma estrela de carne e a colocou para assar no sol; horas depois, lá pelas duas da tarde, era pleno verão, mandou jogar uns baldes d'água neles e lhes deu de beber enquanto entardecia, no céu as nuvens vermelhas, gordas, pareciam carraças, milhares de carraças amontoadas ali contra o laranja e o violeta quente que começava a se adivinhar e deveríamos ter nos dado conta por isso mesmo, mas não, os gaúchos pediam perdão, miss, nos perdoe, foi sem querer, é que a senhora é tão linda e tínhamos bebido tanto, miss, nós cinco queremos casar com a senhora, ser seus escravos, nos perdoe. Miss Daisy ordenou que lhes dessem de comer, um mingau e um pouco de cachaça mandou dar a eles, os gaúchos ficaram esperançosos, obrigado, miss, obrigado, vamos agradecer por toda a vida, miss, inclusive sorriam se animando, e a miss os mirava sem dizer nada com aquele nada gelado do seu olho vazio e do seu olho ainda cheio. Sentou-se no centro da estrela de varões, mandou trazer um galho grosso e uma faca e ficou ali, afiando o pau enquanto eles olhavam para ela cada vez menos capazes de articular palavra, cada vez mais pálidos, cada vez mais soluçantes, e em volta deles soluçavam suas mães e suas chinas, seus filhos e até seus cavalos pareciam chorar vendo o que lhes ia cair em cima, a fúria tresloucada de miss Daisy. Eu mesmo comecei a fraquejar na determinação de permitir o castigo da gringa; há coisas que não se faz a um homem, seja qual for seu crime, mas eu lhe dera minha palavra de que respeitaria a sorte que ela escolhesse para os seus agressores. Eu acreditava que ela escolheria a piedade: como um homem pode se equivocar, mesmo na minha idade! Os outros amagaram defendê-los, tive de me interpor com minha escopeta e se interpôs meu corpo inteiro de oficiais, nós onze com as armas na mão tivemos que intervir, foi o mais próximo de um motim que tivemos aqui em Las Hortensias, e o que você quer que eu lhe diga? Não disparei um único tiro porque os gaúchos tinham razão. Ficaram quietos até que a gringa se cansou e voltou ao seu leito de convalescente. Então nós baixamos as armas e eles foram resgatar os corpos, encastrados em sua própria merda e seu próprio sangue seco, foi preciso arrancá-los da terra para limpá-los antes de devolvê-los a ela, limpos e brancos e frios como nunca haviam sido, como lhes convinha ser para não terminar como terminaram, por serem negros fogosos. Também eu chorei naquela noite.

Liz mexia a cabeça assentindo enquanto ele falava, apoiava de vez em quando a mão num dos seus braços, dizia hero e you're a patriot, e continuava enchendo sua taça porque, se o coronel tinha caralhos onde os outros têm os olhos, também tinha dez camelos onde os demais têm a boca, aquela boca era quase um escoadouro, um charco de uísque onde todas as suas picas se afogavam. Bem conduzido, dizia Liz, Hernández era um homem muito fácil. O que havia feito com os degenerados e suas mães, perguntou a ele. Estou fazendo-os decorar a sabatina na parte dura da escola, a que eu estava contando, a que vem com sangue, a de Miss Daisy, que cuida das duas escolas mas me parece que, com o pavor que eles têm dela, esses negros não vão aprender nunca. E onde fica a outra escola? Ali atrás daquelas árvores, Hernández apontou para uma planície em que não havia nem arbustos, gritou, apareceu um dos seus gaúchos, limpo e com o cabelo penteado para trás, ordenou que levasse as senhoras, o gaúcho riu e ele riu e eu saquei o facão e ele me disse, não, não, mocinho, isso não tem nada a ver com você, é que sua irmã vale por duas, e nos mandou ir dar uma volta na escola dos díscolos.

Ali reinavam a loira e seus gêmeos bastardos, que lhe haviam saído ferozes e bastante brancos e justamente por isto — porque nada que não fosse igual à mãe lhes era suficiente, e porque acreditavam que teriam saído iguais a ela se não fossem os cinco finados como estrela sangrenta e merdosa — odiavam os gaúchos, queriam voltar para os Estados Unidos com sua mãe e ser caubóis em Minneapolis, let's go back home mummy, diziam como se houvesse, para eles, algum back além da estância de Hernández.

Guasca e rebenque

Nenhuma porta nos era vedada, tudo nos era mostrado com orgulho de fundador. Estirados e ressecando-se como um couro ao sol, a pele curtida, os olhos entrecerrados, a cara retorcida de dor: assim eram os gaúchos do Campo Mau, o setor que Hernández reservava aos desencaminhados. A morte era, em princípio, para os desertores e os assassinos, as maiores faltas que podiam ser cometidas em Las Hortensias. Tudo mais, incluindo o roubo, era considerado um delito menor, castigado com a estaca, o tronco ou com rédeas molhadas. O que não se podia fazer era partir. Nem matar: aos assassinos, esperava-os a morte dentro do couro de uma vaca recém-abatida, castigo que chamavam de matambre. Envolviam o vilão, costuravam-no e o deixavam à intempérie: lentamente ia sendo apertado pelo couro — que, quando seca, asfixia —, hora após hora sob o sol, até matá-lo.

Depois do castigo, quando o castigo não era a morte, cada gaúcho era embutido num nicho de couro e terra com as mãos e os pés enlaçados, mantinham-nos como reses laçadas para que não pudessem tirar um cochilo os damned idles; os pequenos Daisies nos explicavam seus métodos, eles que não tinham mais que quinze anos, mas eram tão ferozes quanto sua mummy: fechavam seus olhos e bocas com antolhos e freios de cavalo, estiravam-nos ali na própria terra, talhavam seus corpos a rebencaços, eram uns vultos vermelhos de sangue, e negros e azulados de tanta mosca que não conseguiam espantar e assim os mantinham porque they do not want to learn, enfiavam-nos lá nos nichos de castigo depois do seu dia de tronco ou do seu dia de estaca e os deixavam em sua semana de penitência para que se redimissem e os abandonavam e iam embora, por exemplo, like this stuppid nigger, o Daisinho mais alto chutou a cabeça de um gaúcho todo esfolado, em carne tão viva que dava dó de olhar para ele, gritando pela mamãe, para que lhe oferecesse o peito a puta maldita, que era his mother and his wife in the same body. E tivemos outros, dois deles fugiram, um bem vagabundo que cantava em vez de trabalhar e que aprendeu as letras para escrever umas coplas e que depois andou dizendo que o patrão roubava suas estrofes e lhe demos guasca e rebenque, e voltamos a dar, e ele continuava porfiando que eram suas as canções, e já o tínhamos quase pronto para a doma, a senhora sabe, milady, um cavalo para as patas da frente, outro para as de trás, e fazê-los disparar, um em direção a Terra Adentro e outro para a Inglaterra, mas o grande verme fugiu, vê-se que era mesmo um verme porque conseguiu se libertar das cordas que o prendiam. Não importa, quem sabe a gente ainda se encontre, e se não, que importância tem esse índio de merda e todos esses índios de merda, diziam e cuspiam neles e havia um pouco de ameaça e um pouco de jactância no que nos mostravam e tudo que eu queria era fugir dali, deixar de escutar as súplicas que saíam dos hálitos fracos daqueles quase mortos. Liz os parabenizou, disse que se fosse sua mãe estaria orgulhosa deles, good boys, trabalhadores e tão ingleses em seus modos. Os Daisinhos ficaram encantados; deixaram de bater e de putear por um momento e nos escoltaram até a porta do Campo Mau.

No resto da estância, the good countryside?, o trabalho parecia deixar todos felizes. O mundo é um tecido, começou Liz:

o que brilha aqui é como uma trama que reluz só porque tem uma urdidura de carne e sangue, a do Campo Mau, e assim sempre foi e assim há de ser até que todos saibamos qual é nossa parte no tear. Nessa trama, os gaúchos e as chinas, as quais não faziam ginástica porque nesse horário tinham que dar de comer às crianças, trabalhavam com esmero desde as oito da manhã até as oito da noite. Cantavam: "Eis aqui a bandeira idolatrada,/ a insígnia que Belgrano nos deu,/ quando triste a Pátria escravizada,/ com valooooor seus vínculos rompeu", e faziam os trabalhos por partes. Quero dizer que ninguém fazia um trabalho todo inteiro, ninguém terminava o que começava. As lavadeiras, por exemplo, ficavam sentadas na borda de grandes tanques: as primeiras molhavam e ensaboavam as roupas. Passavam às próximas, que as esfregavam com escovas. Estas, por sua vez, passavam às que enxaguavam. E, por fim, às penduradoras morenas chegavam as camisas brancas como sóis do meio-dia. O mesmo passava com a forja: um alimentava o fogo, outro esquentava o metal até que estivesse no ponto, outro lhe dava a forma desejada e o enfiava na água e outro o tirava pronto e molhado e o dispunha em estantes. Vi uma centena de ferraduras sendo feitas num só dia com essa fórmula: o coronel queria inventar uma velocidade nova para os pampas, conhecia a Inglaterra e os Estados Unidos e queria para os argentinos algo do furor da força anglo-saxã. A forja era coisa de homens, e os homens cantavam outras coisas mirando fixo as chinas quando o capataz não estava por perto: "A sapa estava tecendo,/ Para o sapo um grande bonete,/ A sapa que não se descuide/ Porque o sapo vem e mete".

Naquela noite, outra vez o coronel ofereceu um grande jantar e caiu derrubado pelo vinho. Mal a cabeça do patriarca se chocou contra a mesa, Liz saltou da sua cadeira e me levou até sua cama aos empurrões. Não é que eu opusesse resistência, só quis inquirir, entender o que lhe passava, havia sido tão diferente durante todo o dia, Oh, you like it, don't you?, me interrompeu, me deu um último empurrão, rebotei contra a cama e ela começou a tirar minha roupa com uma premência tal que mais parecia estar apagando um incêndio. Tirou também a roupa dela e prosseguiu com minha educação: dessa vez começou suave, acariciou todo o meu corpo pela frente e por trás, com as mãos, a boca, a língua e o nariz e também usou os seios para enfiá-los dentro de todos os meus buracos. Ela me deixava sem palavras, ela que havia me ensinado tantas enquanto cruzávamos o deserto, dentro da carroça, na fogueira, sob os umbuzais ou com as cachaças de Rosa. As chinas bateram e entraram, eu me escondi, encheram a banheira de água fervente, Liz lhes pediu chá, elas trouxeram e não voltaram mais e ela voltou a me agarrar e me enfiou na água e se enfiou ela também e então me fez algo que nunca haviam feito comigo: me virou de costas, fundiu os seios nas minhas omoplatas, mordeu-me forte na nuca, como uma cachorra transportando seu filhote num riacho, não me soltou, com uma mão começou a acariciar meus mamilos, com a outra minha buceta, abriu meu cu, se apoiou, agarrou minha mão, ensinou-me a tocar-me, chupou meus dedos, colocou-os no meu clitóris, usou minha mão como se fosse a sua até que peguei meu próprio ritmo, abriu mais meu cu e me penetrou com seu punho enquanto me mordia mais forte e apertava mais meus seios. Eu parei de me tocar, agarrei-me na banheira com as duas mãos, deixei-me preencher por esse prazer novo, mais pulsante, um prazer feito de agulhadas e picadas, ela me fez urrar como um animal entre seus braços, gozei pelo cu, jurei-lhe amor eterno e a chupei até quase perder o fôlego.

That strange gaucho who believed he was a writer

Oh, please, tell us about that strange gaucho who believed he was a writer! The one who runned from you, Liz começou a falar durante o desjejum, logo depois das saudações de praxe, cada vez menos rigorosas para minha delícia e meu espanto: tinha acordado quase sem ar antes que entrasse o primeiro raio de sol, com ela se esfregando contra meu rosto, ah, a buceta de Liz na minha boca, seus fluidos sincopados com minha respiração, ela me fez tomar ar e prosseguir em seu ritmo como se estivesse me domando, estava me domando quer eu me desse conta ou não, há maior doma que conseguir que o animal respire quando você quiser sem se rebelar?, e agora estava aos beijos com o coronel, tão pardacento ele pela manhã e no entanto de pé mal amanhecia, um domador era também Hernández, um domador de ressacas capaz inclusive de centelhas de alegria cada vez que ela punha os olhos nele ou lhe falava ou se dirigia a ele de qualquer modo. Você percebe, darling?! Há lampejos de genialidade aqui no campo, sempre digo isso quando me perguntam como é o povo da lhanura: um gaúcho quase analfabeto, alguma coisa ele aprendeu aqui com Miss Daisy, diz que eu roubei seus cantos. Oh, yes, a really weird man, isn't he? Sim, sim, embora tenha um pouco de razão: eu não o roubei, mas quando o escutei cantar, ordenei que largasse o arado para entreter a peonada enquanto trabalhava. You're a really generous man, Sir. Se você diz, gringuinha, devo ser, a verdade é que me dei conta de que eles ficavam mais contentes, e um chefe, um coronel como eu, um fazendeiro, tem que saber manejar sua tropa, dar-lhes alegria também, nem tudo pode ser ferro e fogo, especialmente quando eles são mil e minha milicada de verdade, meus oficiais e eu, digo, somos vinte e um; se eu contar os gaúchos convencidos do progresso, talvez sejamos duzentos. Eu preferiria não me ver na situação de ter de pô-los muito à prova, os cavalos já estão na pista e eu prefiro que não fujam, tenho de enraizá-los, você me entende? Tenho de torná-los desta terra, tenho de fazer com que a sintam como própria. E um pouco deles ela é, sim: sempre é um pouco nosso algo em que trabalhamos. Not always. Falei "um pouco", coração, não se assuste que não fui fisgado pelo comunismo, essa peste que querem nos trazer da Europa todos esses paisanos mortos de fome que chegam aqui como gafanhotos, como nossos avós trouxeram a varíola e aplanaram — deixe que eu ria, por favor, gringa, é tudo tão monótono aqui —, aplanaram um pouco nosso caminho. Imagine você, darling, que um dia vão se dar conta de que podem nos vencer com a quantidade que são e embora saibam, porque sabem, tontos não são e alguns já viveram bastante, que por trás de nós está o Exército Argentino, que também são eles, embora menos que nós — aqui todos somos tudo, mas não do mesmo modo, alguns de nós somos completamente e outros apenas em parte, não sei se estou sendo claro —, até que chegue o primeiro batalhão nos passam todos a faca no pescoço, como eles gostam de fazer se têm oportunidade, se você os visse cantar enquanto o quase finado está patinhando, eles gostam de falar assim, no seu próprio sangue. Por isso dei um trabalho de artista ao gaúcho writer e eu às vezes o escutava e você precisa ver os versinhos que o animal fazia:

era, como é que eu posso lhe dizer, um poeta do povo, aquela besta. Alguns dos seus versos eu coloquei no meu primeiro livro, ele não estava totalmente errado. Também coloquei seu nome no título, Martín Fierro se chama aquele animal inspirado, capaz de ficar inventando coplinhas doze horas por dia, maníaco como ele só, embora muito bom. Nunca entendeu o que eu fiz, pegar alguma coisa dos seus cantos e colocá-los no meu livro, levar sua voz, a voz dos que não têm voz, inglesa, a todo o país, à cidade que está sempre nos roubando, Buenos Aires vive de nós, do que nos cobra para exportar os grãos e escoar as vacas por seu porto, e não deixar que façamos outro porto grande em nenhuma parte.

Continuou Hernández com a cantilena do porto, dos impostos, do latrocínio, esse nós coletivo, dos fazendeiros e gaúchos aglutinados porque compartilhavam o mesmo solo e também a pressão dos portenhos e a guerra dos índios, "não há nenhum nós conjunto se não estamos juntos", disse a certa altura e eu tinha vontade de pegar meu caderninho e tomar notas, o coronel não era bobo, eu me sentia aprendendo como me sentira aprendendo na carroça com Liz, como se me tirassem as vendas dos olhos, cheguei a acreditar que tinha tantas vendas como uma múmia egípcia, aqueles cadáveres enrolados em panos e enfiados nas pirâmides, umas tumbas gigantescas erguidas milhares de anos atrás lá na areia do norte daquela África de girafas e elefantes, e também tremia de vontade de bater com um pau na cabeça dele e sair correndo dali para qualquer lugar.

Reconhecia os versos, eram do meu marido e, se eram dele, Hernández também havia roubado algo de mim. E roubado dos meus filhos. Sentada como Joseph Scott, ao lado do fazendeiro, fui uma senhora estafada naquela manhã; soube que o coronel tinha me tirado algo que era meu e que seria dos meus filhos, senti-me proprietária pela primeira vez na vida, tinha visto a graça de ser dona ali na fazenda, e fiquei vexada. Decidi que não ia embora de mãos abanando do fortim: faria justiça. E sabê-lo próximo, estar na mesma rota que Fierro, me fazia temer encontrá-lo e que ele me devolvesse ao lugar de onde eu tinha saído, ao seu lado, na tapera. Eu não precisava temer aquilo, o animal estava foragido, era um desertor agora, não podia voltar à estância; mas podia me arrastar com ele ou pelo menos tentar, e ouvir seu nome me fortalecera na decisão de continuar vestida de varão e não largar nunca mais a escopeta mesmo se eu quisesse. Havia entendido bem, os livros eram vendidos e comprados, era meu dinheiro, mas eu não podia voltar à tapera. Não à mesma tapera e muito menos com ele. E o velho falando sobre os impostos do porto e o bem comum e perguntando pela pátria, como uma pátria pode crescer na penúria, se rouba daqueles que a fazem crescer?, prosseguia Hernández e me fazia ir e vir em meus próprios pensamentos, quem a faz crescer, me perguntava, o que são e para que servem os impostos, e o velho prosseguia, voltava a Fierro, contava que lhe chamavam O Galo até que pararam de falar assim, começou a gargalhar Hernández, mudaram-lhe o nome tão logo souberam os vícios de Fierro. Sabe como começaram a chamá-lo, Liz? E perdoe-me por dizer, não quero ser grosseiro, mas é a verdade e a verdade não aceita embelezamentos, a verdade não é linda nem feia, nem federal nem unitária, nem boa nem má, nem gorda nem magra, nem da cidade nem do campo: é a verdade, nada mais, você não acha? Bom, a verdade é que O Galo era bem Galinha, e assim começaram a chamá-lo aqui. Não por ser covarde, pois seu facão estava pronto para qualquer eventualidade, o gaúcho cantor queria viver pelejando toda hora, mas por ser, como se diz, invertido seria a palavra em nossa língua, faggot em inglês? Viram-no aos amassos com outro negro como ele. Eu mandei prender os dois na estaca, mas não nasci ontem e conheço o mundo: esses desviados, não há estaca que endireite.

Liz e o coronel tinham se tornado donos da minha respiração: primeiro tivera de respirar no ritmo do desejo dela, que a fazia preencher e esvaziar minha boca em sua dança ondulante. E depois, segundo o que Hernández dizia, eu me aproximava ou me afastava da tapera e de um saco cheio de moedas. Não podia saber se era verdade, Fierro tinha estado em cima de mim o suficiente para saber que ele não era tão transviado assim. Mas, pensando bem, ele me possuíra e eu mesma tinha ficado, horas antes, embaixo de uma buceta que me tiraria o ar se quisesse. Essas novas inclinações que o pai dos meus filhos e eu havíamos conhecido me afastavam da tapera. Devo ter suspirado forte porque Hernández me mirou e deu risada. Não se assuste, mocinho, que não é contagioso, logo mais você também vai conhecer o mundo e não vai se assustar de nada do que a gente pode chegar a fazer na cama, perdoe-me gringa que eu fale assim, você é uma mulher casada, também não vai se assustar tão fácil, ou vai? Liz se pôs vermelha e o coronel, que já estava enfiando cachaça pura no mate que as chinas lhe passavam, começou a se desculpar, embora não tenha ido muito longe porque Liz saiu correndo. Ele ficou em silêncio por um momento, chupando a bombilha, com os olhos vazios. Olhe só essa daí, me desculpe, gringuinho, eu sei que ela é sua irmã, anda por aí me mostrando os úberes o dia inteiro e depois se põe toda vermelha e sai correndo por qualquer besteira. As mulheres são como os potros, querido: é preciso dar-lhes rebenque até que se deem conta de que querem ser mandadas, sabe? Você vai aprender isso. Pode começar aqui se ainda não começou, tenho umas chinocas que são deliciosas como pasteizinhos recém-saídos do forno, novinhas, eu não experimento todas, só algumas, porque eu já sou um homem de certa idade e tenho de escolher bem que bocados morder.

E continuou por horas, sem esperar de mim nada mais que eu assentisse de vez em quando, confirmando-lhe que não estava falando sozinho.

Ponche e uísque

Ofendida, ou antes simulando ofensa, eu não sabia muito bem, Liz fugiu do fazendeiro durante todo o dia, deixou naufragar em seu mar de cachaça o velho que tartamudeava desculpas, I beg your pardon, me perdoe lady, a gente se embrutece rodeado de brutos, o que você quer que eu lhe faça, cada vez que a via passar para cá e para lá com algum dos seus oficiais que por sua vez fugiam dela, temerosos do castigo que o coronel poderia lhes lançar em cima por sentir-se menosprezado. Portanto, assim foi o dia: ela correndo dele e eles se esquivando da sombra dela e eu olhando para tudo sem entender muito bem, plantada ali ao lado do velho, que me agarrava pelo braço cada vez que eu ameaçava ir embora. Em algum momento, Liz se apiedou. Não sei se de mim ou dele, mas o alívio foi igual para ambos; ela se aproximou de nós e disse ao velho que estava preparando uma surpresa para ele com os oficiais. O quê, gringa? ele quase gritou, an English dinner, you will love it. I will love everything if you are here, disse o velho e quis se levantar e fazer uma reverência mas caiu de cabeça no chão, de cabeça cravada na terra, como os patos se atiram na água quando veem um peixe lá dentro. Oh, Coronel, cachaça is a very cheap drink, let me help you, claro, claro, claro que deixo, dizia ele enquanto dois gaúchos iam-no arrastando para dentro. Água e repouso, ordenou Liz às chinas que correram para chegar ao dormitório antes do coronel, desmaiado nos braços de um dos seus homens.

Liz se assenhoreou da cozinha: lá estava, com aquele resplendor que ela tinha, uma brancura fantasmal e o colorado de cabelos de milho, e tão tíbia toda ela, que para mim era muito difícil deixar de ficar colada nela, afastar-me da ânsia de fundir-me em sua pele, de permanecer dentro da ilha quente da sua voz. Não consegui. Logo nós vamos embora, prepare as coisas com discrição, me ordenou, enquanto trazia um dos barris de uísque e os frascos de curry da carroça. Fiz o que ela pediu junto com Rosa e com Estreya, que nos seguia para todo lado com medo, acho, havia sido obrigado a dormir à intempérie, com os outros cachorros, e estava bastante mordido, pobrezinho, o coronel tinha um lugar para cada um e não havia jeito de um cachorro entrar na casa dele; como o fazendeiro estava fora de cena, eu me permiti deixar Estreya na cozinha quando terminei minhas tarefas e fazer festinhas nele enquanto ladrava para mim como se falasse, como se me contasse as desventuras pelas quais passara. Acalmei-o com afagos e pedaços de carne, prometi a ele que nunca mais ia deixar que lhe acontecesse algo assim, que sempre ia dormir comigo e efetivamente dormiu, de barriga para cima, rendido, com o pescoço exposto, meu cachorrinho me cedeu o comando e Liz olhou para nós por um momento com ternura, até que me pediu que a ajudasse. Tive de descascar e cortar laranjas e limões, eram as frutas que havia em Las Hortensias, até que quase me caíram os braços. Ela estava preparando um ponche: haviam lhe trazido as panelas da milícia, gigantescas, seria possível ter fervido um cristão de pé em cada uma delas. Cachaça e frutas, quatro panelas para os gaúchos, outras duas de uísque e frutas e um novilho ao curry com cenouras e abóbora para os oficiais, era isso que Liz tinha preparado. Estava certa de que ia conseguir do coronel a permissão para que a peonada também tomasse.

E conseguiu. Pôs um vestido azul e soltou os cabelos: era uma miragem. E assim deve ter pensado o velho quando ela se aproximou do seu quarto com café, água e uísque. Fez com que tomasse o jarro de água fresca; deu-lhe o café, conversou de banalidades, fez com que ele jurasse que nunca mais beberia, e ele jurou, seguramente encantado de que ela estivesse se importando com sua saúde; deu-lhe afinal uma tacinha do seu bom uísque escocês e o milico remontou e se deu por desculpado em troca de permitir que houvesse festa para todos. Ela saiu radiante e mandou pôr a mesa com toalha, velas, cristal na sala e na cozinha, começaram a soar as violas dos gaúchos: o besta do Fierro não era o único com cantoria. A peonada se ataviou como se fosse ao palácio; nunca tinham posto a boca em cristal da Boêmia, nunca tinham bebido ponche, tomaram banho, se pentearam, se barbearam, fizeram tranças, engraxaram os sapatos até que, em vez de botas de potro, ficaram parecendo botininhas da Inglaterra. A milicada desenterrou uniformes e medalhas, perfume e espada lustrosa: parecia Natal na fazenda, igual à vez que os patrões tinham vindo, o ânimo geral era de festa feliz, essa felicidade com que a abundância preenche quase todos e especialmente os que a conhecem pouco. Sobre as fogueiras dos gaúchos estavam crucificadas dez novilhas inteiras, na dos oficiais começava o aroma de curry e os gaúchos e as chinas se largaram a dançar tão logo se desatou a ponchada, que assim começaram a chamar a bebida de Liz, certos de que um poncho é bom e de que algo muito bom deveria então ser a reunião de muitos ponchos. Acharam a coisa tão linda que não desgrudaram dos copos até a clara alvorada.

Liz tinha um plano muito simples, não me dissera antes porque estava convencida de que eu não sabia mentir: sairíamos dali os três como tínhamos chegado, mas não iríamos sozinhos. Levaríamos conosco os gaúchos mais baqueanos e os que tinham aprendido como se devia trabalhar: para a estância que levantaríamos, precisaríamos de ferreiros, floristas, gente capaz de entender como se faz um alambique, como se constrói uma casa de pedras, como se consegue que uma vaca produza seu melhor leite e como se faz crescer morango até na areia. Rosa os havia observado e Liz examinara seus trabalhos. Chegamos em três e íamos embora com mais vinte, a peonada antes e nós depois. Seríamos justos. Soube de tudo aquilo à tarde, antes de começar a festa, e fiquei tão contente de saber que não saí do tom como o resto, que ia se perdendo numa borracheira gigantesca. A peonada sapateava, era uma visão e tanto, com suas botas os gauchinhos levantaram poeira e as chinas com suas saias a espalharam como o olho de um furacão: até os pivetes bailavam, a cozinha era um salão e os oficiais começaram a migrar da sala do coronel, seguramente fartos dos sermões industriais do seu sacerdote da civilização, e se entreveraram com a gauchagem, manchadas taça a taça as fronteiras entre letrados e brutos, entre uniformizados e chinas, entre peonada e milicagem. Rosa andava pelo exterior da casa, molhando o bico dos que faziam guarda, só uma tacinha para que você veja como está divina a ponchada e ali estavam os soldadinhos: caindo dos mangrulhos como frutos maduros das árvores.

A ponchada tinha começado ao entardecer. À meia-noite, a própria casa pululava metida na nuvem de poeira que os bailarinos levantavam. Um par de horas antes de o sol sair, a nuvem ainda estava lá: agora se levantava pela fornicação das chinas, dos gaúchos e dos oficiais. Lembro-me de uma china com um gaúcho na frente dela beijando-a e metendo a mão sob sua saia e um milico por trás sovando-lhe as tetas e ela com as mãos ocupadas, um pau duro em cada uma, um gaúcho cambaio olhava para eles batendo punheta, uma china esfregava os peitos nas costas do cambaio, um negro baixinho apoiava o caralho nas coxas da china enquanto outra lhe chupava as bolas enquanto outro chupava a chana dela enquanto outra lhe lambia as tetas enquanto todos continuavam libando a ponchada e gemiam, foram se derretendo uns nos outros, como velas que ardem juntas, até que se tornou difícil distinguir quem fazia o quê com quem, eram uma massa se agigantando, emporcalhada em seu próprio caldo de porra e fluidos de china e logo depois vômitos abundantes, terminaram desmaiados mais ou menos quando o sol saiu, como flutuando numa lagoa com a companhia dos pedaços de vaca e das laranjas que tinham comido antes. No salão ficaram apenas Hernández e Liz, estirado no chão ele, ajeitando o vestido ela. O fim da orgia era asqueroso, mas tivemos de nos deitar também no chão e nos salpicar do vômito fazendeiro. Horas antes tinham saído nossos vinte, com vinte belos cavalos de Hernández e as poucas moedas que tinham conseguido manotear dos seus salários atrasados.

Que puta mais cadela que você é

A cena começou a se dissolver quando foram despertando um por um os milicos e a peonada e o coronel: desprendiam-se pouco a pouco do magma da ressaca, iam rompendo a força que os tornara unidos horas antes, alguns resvalando para voltar a cair e voltar a levantar-se. Agarravam a cabeça, choramingavam; Hernández não fez mais que abrir um olho e voltar ao desmaio pardacento em que havia mergulhado. Liz trouxe água e o molhou, disse ai, meu coronel, que grande festa tivemos, venha, vamos para o seu quarto, you neeed to sleep in a bed, vamos, vamos, coronel, que eu vou cuidar de você. Que puta mais cadela que você é, china de merda! Os gritos iam chegando aos poucos, conforme os primeiros iam recuperando a razão e começavam a ver com quem, em cima de quem, embaixo de quem, do lado de quantos, haviam se desvanecido suas esposas. Gritavam mais eles, as chinas menos, mas não faltaram os cala a boca você, bichona, bem que eu te vi ontem à noite, ou filha da puta, você roubou meu marido. Quanto matrimônio desfeito houve naquele dia em Las Hortensias, quantas crianças chorando de fome porque ninguém se encarregou do desjejum, quanto cachorro fugindo com o rabo entre as pernas: começaram a soar as trompadas e as rinhas, os homens questionavam a propriedade das mulheres com o punho e o facão e as chinas, a dos seus gaúchos só com as mãos, e todos aos brados. Armou-se uma nova batalha: outro entrevero de corpos. Caíram no chão imundo alguns litros de sangue, cinco dedos cortados e três mortos a facadas. Não aconteceu mais nada porque um dos oficiais conseguiu se arrastar até o depósito de escopetas e atirou para cima. Depois do estalido da pólvora, um silêncio triste se apossou da estância. Ninguém conseguiu fazer mais nada além de vomitar, pedir perdão aos demais e chorar até o dia seguinte. Liz, Rosa e eu fizemos o mesmo, embora a véspera da nossa partida nos deixasse felizes: já estávamos fartos de tanto fingimento, de falar com tanta gente, queríamos voltar ao nosso mundo carroça, à planura limpa e enorme, a nossas vacas e aos bichinhos que emergiam da terra à noite. Eu sentia também uma alegria rara, nova, no corpo: tinha beijado um par de chinas e o gaúcho que tinham chamado de bichona. Era evidente que eu tinha gostado dos beijos das chinas e do gaúcho efeminado. Mas era preciso ir com calma. Liz estava ali e eu queria uma vida inteira ao lado dela, e não conseguia imaginar ter amor e ao mesmo tempo liberdade. Mas sentia alegria no corpo, algo estava se rompendo dentro de mim e era como se atirar no rio numa dessas tardes de verão tão quentes na minha terra que o ar ferve: não é uma metáfora, você se retorce ao sol, o ar escaldante deforma a visão das coisas.

Liz cuidou do velho como se fosse seu pai: pôs uma poltrona ao lado dele e ali ficou sentada passando-lhe a palangana cada vez que o pobre homem vomitava e dando-lhe colheradas de chá com uísque porque não há melhor remédio que um pouco do próprio veneno que nos enfermou. Chorou enquanto se ocupou de Hernández e se assegurou de que ele não percebesse, mas não respondeu às suas perguntas. Primeiro o senhor tem de se recuperar, Coronel, dizia como uma litania e apenas resmungou algo como ser uma senhora e desonrar o marido e de sentir muito sua falta.

Naquela noite dormi com meu Estreya, depois de ver como as chinas se arrastavam pela cozinha tentando arreglar os destroços e os oficiais enterravam os cadáveres e titubeavam, não sabiam o que fazer com os assassinos. Foram levados para os Daisinhos e Miss Daisy, os quais também se sentiam tão mal que nem estavam para castigos. Curtiram a ressaca na cela só naquela noite, temendo muito o despertar do coronel, mas nem tanto quanto os oficiais quando se deram conta de que faltavam cavalos e homens e mulheres: mandaram uma tropa para procurá-los. Mas imagino que a tropa deve ter achado um lugar para dormir alguns quilômetros mais à frente e deixado os cavalos de guarda, porque não encontraram nem sombra dos foragidos.

Um dos cavalos chegou no dia seguinte, quando o velho tomava chá cheio de limão e algumas gotas de uísque; por indicação de Liz, havia prescindido do mate. O alazão suado foi o mensageiro que fez despencar sobre o fazendeiro todas as novidades como se lhe tivesse caído um galho de umbuzeiro na cabeça. Os desertores, os mortos, os cavalos roubados, os assassinos em seus nichos de terra e couro esperando pela sentença. Ele ficou mudo. Até que bradou puteadas. Dispôs a formação de uma corte marcial para os seus oficiais, para os que estavam de guarda na noite da festa. Ordenou que os assassinos fossem executados. Fez voar a chaleira e todo o serviço de chá. Freou um pouco quando viu Liz chorando com todo o corpo, I beg your pardon, Coronel, I'm guilty, I should have never done the party, que em seu país as pessoas sabiam beber e se comportavam, que não conhecia a Argentina, que por favor ninguém mais morresse. O velho cedeu um pouco, e determinou uma semana de estaca para todos que considerou culpados. E perderam sua patente e seus soldos atrasados e os que lhes tocassem pelos próximos dois anos. E voltariam à fossa. Que sobrevivam os que Deus quiser, gringa, vão dever a vida deles a você e a Ele. Como na estaca caíram também os Daisinhos, Liz confiou que as chinas achariam um jeito de fazer chegar água e sombra aos seus homens.

Adeus, Coronel

A fúria de Hernández não cedeu até a noite, quando o uísque o levou de volta à sua indústria pastoril, ao ferro das ferrovias que uniriam a planície com o porto e o porto com o mundo, com a Inglaterra, com o concerto das nações onde a Nação estava conclamada a tocar a música de acabar com a fome do globo, à educação dos gaúchos que olhe só gringa as cagadas que fazem e já têm vários anos de escola e, a pedido de Liz, a especular sobre o provável destino do seu marido. O Exército Argentino não reteria nenhum inglês, afirmou, com certeza devem tê-lo libertado, salvo se houvesse cometido alguma tropelia muito grave, how dare you, Liz se levantou, não, não, não estou falando que seu marido seja um foragido, estou lhe explicando as leis argentinas, só isso. Haviam lhe contado de um inglês que tinha sido preso por erro, isso já fazia um tempo e também fazia tempo que tinham libertado o homem. Me mostre outra vez esse mapa, quero ver onde fica sua estância. Olhou o mapa por um instante: olhe aqui, gringa, não sei quem vendeu essa terra pro seu Lord, ainda está em posse da indiada. Se ele foi pra lá, os índios estão com ele. Não se assuste, eles também não são tão ruins. Don't you lie to me, I have been reading your book. Não são tão ruins?, you are mentindo, Coronel, I can't believe it! O senhor mesmo contou o que fizeram com aquela pobre mulher que eles mantinham cativa:

Aquela china malvada
que tanto o aborrecia,
começou a dizer um dia,
porque faleceu uma irmã,
que sem dúvida a cristã
lhe lançara uma bruxaria.

O índio a levou ao campo
e começou a ameaçar:
que lhe havia de confessar
se a bruxaria era certa;
ou que lhe ia castigar
até que estivesse morta.

Chora a pobre aflita
mas o índio, em seu rigor,
lhe arrebatou com furor
o filho de seus braços
e nos primeiros rebencaços
a fez tremer de dor.

Aquele selvagem cruel
açoitando-a prosseguia;
quanto mais se enfurecia,
mais e mais a castigava,
e a infeliz se esquivava
dos golpes como podia.

Ele gritou muito furioso:
"Confessa, não mente";
e ao virá-la num revés,
todo cheio de amargura,
sua terna criatura
degolou aos seus pés.

Hernández recuperou a cor e o humor com a leitura de Liz: deve ter achado graça, como eu achava, do sotaque de Liz lendo seus versos, porque as gargalhadas duraram por um tempo, até lágrimas lhe caíram. Gringa, darling, você acredita em tudo que lê? Eu inventei tudo isso, bem, quase tudo, eles têm mulheres cativas e não as tratam como princesas, mas também não muito pior do que nós tratamos as chinas, ai, me perdoe, Liz, não consigo parar de rir, mantêm cativas, como eu lhe dizia, mas nunca soube que degolaram seus filhos como cordeiros, e algumas se vê que são bem tratadas. Minha mãe me contou de uma, uma inglesa como você, que havia se apaixonado pelo seu índio e não queria voltar à civilização, minha mãe lhe ofereceu a casa e o resgate dos seus filhos, não sei como ia fazer para cumprir a promessa, mas nem teve de cumpri-la: a inglesa disse não, que era feliz com seu cacique ali em Terra Adentro. Voltou a cruzar com ela quando a índia loira ia à pulperia comprar provisões e luxos; haviam degolado uma ovelha e ela desceu do cavalo para chupar seu sangue quente. Are you telling the truth now? Sim, sim, não estou inventando essa história, estou lhe contando o que minha mãe me contou, gringa. Eu acho que ela apeou para que minha mãe a visse e entendesse. What? Que tinha abraçado outra vida, como você está fazendo aqui, deixou sua Inglaterra com suas máquinas e seus modos e toda a sua civilização, a mais excelsa do mundo, para vir buscar fortuna numa estância que, minha querida, não sei quem a vendeu ao seu Lord, mas posso lhe dizer que não vai ser tão fácil se instalar lá. A não ser que você negocie com os índios. And why did you lie? Já lhe expliquei, Liz: a Nação necessita dessas terras para progredir. E os gaúchos, de um inimigo para se tornar bem argentinos. Todos precisamos disso. Eu estou construindo a Pátria, na terra, na batalha e no papel, você me entende? E você também está construindo a Pátria para nós e necessitamos de você também. Não vou deixá-la partir desarmada, vou lhe dar escopetas e pólvora. E algumas bugigangas que os índios adoram. A cachaça que aqui ninguém mais vai tomar, pra começo de conversa. Tabaco. E espelhinhos, você vai ver, os índios são muito vaidosos. E agora venha comigo que eu tenho uma surpresa para você. Os dois saíram. Não era noite para correr riscos, portanto fui dormir no quarto que me havia sido designado; consegui enfiar Estreya lá dentro, e ele ficou quieto e calado como se entendesse. Provavelmente entendia um pouco, sim; que se fosse lá para fora ia se dar mal outra vez entre os cachorros aguerridos dos gaúchos. Eu o abracei e dormi. Mal amanhecia e tornei a ver Liz, já vestida para viagem: ela me beijou muito, me mostrou a surpresa de Hernández, era o diamante. Pusera na sua mão direita. Ao vermelho e branco que ela era foram acrescentados mais raios.

TERCEIRA PARTE

TERRA ADENTRO

Cintilavam como espuma

As pastagens bamboleavam com o vento quando saímos e os pampas pareciam um mar de duas cores: quando os caules se deixavam dobrar, eram brancos e cintilavam como espuma; quando voltavam à sua posição inicial, eram verdes e fulguravam os distintos tons dos pastos, que pareciam brotos tenros, embora já quase nada brotasse. Ao contrário, tudo voltava à terra tornando-se marrom, passava pelo verde-claro, o amarelo, o ouro e o ocre e então descaía. Respirávamos outra vez, como se tivéssemos saído de uma cova, como se o ar da fazenda tivesse sido turvo, pesado; também deixava visíveis todas as coisas que vivem nele mas era outro, era como respirar água, sentiam-se os borbotões apertando a garganta. Não caía bem aquele ar: não circulava. Devia ser por causa do Campo Mau, dos lamentos dos gaúchos castigados ou das ganas que os outros represavam por tanta coisa que lhes era proibida. Yes, freedom is the best air, my darling, e assim era para todos; até os bois, mais descansados, coitadinhos, baixaram as pestanas curvadas pelo amor que demonstraram quando os atrelamos à carroça. Estreya corria ondeando-se com a alegria de todos os filhotes embora estivesse bastante crescido, os bezerros requebravam a cintura que não tinham numa dança que terminava aos cabeceios e voltavam a correr e a se enfrentar e eu diria que todos se riam com aquele silêncio inquieto e folgazão que os animais têm para expressar alegria; o riso saía a plenos pulmões de todos os animais da carroça. Rosa, que ia na frente, já com sua roupa de gaúcho, orgulhoso da sua nova montaria, um alazão esplêndido, um dos quatro cavalos que o coronel tinha nos regalado, ia a galope, nos dizia às gargalhadas Olhem gringas esse pássaro azul, esse umbuzeiro cheio de ninhos, as vacas que nos seguem como os patinhos seguem as patas, que imbecil esse coronel que não deixava a gente nem beber em paz, loira, nem galopar quando a gente tinha vontade, vamos lá, Céu, caralho, animava seu alazão, que arranhava a terra como uma foice negra, e galopavam também os brilhos do diamante da mão de Liz, esses que, em meio ao seu branco e vermelho, me deixavam quase cega de vontade de tê-la em cima de mim. Ou embaixo. Ou ao lado. Mas era preciso esperar; eu acreditava que Liz não gostaria que eu a tocasse na frente de ninguém. Comemos um charque ao chutney com uns copos do vinho que Hernández também nos dera. Era uma peste aquele velho mas conosco tinha sido generoso, eu sentia dentro de mim uma espécie de contorções leves, uma oscilação entre o agradecimento, por sua cama com dossel, pela oportunidade que ele deu a Liz de usar aqueles vestidos que ela gostava de tirar para mim, e um alívio que eu sentia quase como se tivesse me libertado da gravidade, como se eu fosse, mal havia cruzado a ponte da fossa, um desses tufos pálidos que saem dos cardos quando suas flores cheias de pontas acabam de cair e são de um violeta vivo que parece roubado ao céu do pôr do sol ou da alvorada, e digo isso como disse então, já sabendo que o sol não fazia nada mais além de girar. E de consumir-se a si mesmo como qualquer fogo.

Como se a Via Láctea começasse ou terminasse ali nas suas mãos

Munidas de transparência chegaríamos à tolderia: levávamos cachaça, espelhos — os reflexos também são diáfanos — e a prenda maior, o diamante de Liz, não sei se a Via Láctea terminava ou começava ali nas suas mãos, do seu dedo médio se desenrolava todo o céu dos pampas, aquele rio de estrelas revoltas de estalidos tão silenciosos como ficam as pedras de um vulcão, embora sua natureza seja de fervuras e borbotões.

"Tontos eles não são, gringa: sabem o que essa pedra vale, embora não possam evitar o fascínio por qualquer tranqueira que brilhe ou por qualquer bebida que os leve à perdição", "I understand them, my Coronel, don't you?", "Um pouco sim, claro que sim, somos todos homens, embora alguns de nós venham prenhes de futuro, regando a terra virgem com nossa semente de amanhãs, e os outros vivam fora do tempo, gringa, como os animais." "Isso mesmo, você tem razão, eles também vão gostar do uísque", Liz desfolhava — vestida novamente com seus trajes de carroça que costumavam ser ou cinzentos, ou verde-secos, ou marrons, sempre recatados — as flores dos seus últimos diálogos com Hernández. Liz se dirigia a mim como se não tivesse passado comigo as noites que passou, como se não tivesse misturado seus fluidos com os meus, como se não houvesse nada entre nós, enfim. O céu azul-celeste se cobria rápido de nuvens pesadas, escuras e expressivas: falavam do Oeste, do sol que voltava a nos envolver como uma carícia embora o vento que o movia nos castigasse, da chuva prestes a cair, do cheiro de água do vento, da terra respirando pronta para recebê-la, falavam das minhas ganas de que o céu inteiro caísse para termos de parar, para me enfiar na carroça com Liz, para tirar sua roupa molhada que se grudava ao seu corpo depois de vê-la correr com o para-raios, depois de eu mesma correr para guardar as galinhas que grugulejavam alvoroçadas naquele dia como sempre que havia tormenta, porém mais nervosas, deve ter sido o raio que rebotou no anel de Liz e as alumiou e as fez botar os ovos radiantes de onde nasceriam os galos de penas pretas que fascinariam Kaukalitrán.

Também sedosa e relumbrante e negra e azulada foi a noite para mim: para nós duas.

A terra coaxava

Quando passou a chuva, a terra coaxava, os pássaros se metiam nos charcos, agitavam as asas, faziam o ar piar e o arco-íris tinha uma perna mais curta que a outra: desde que tínhamos saído da estância, o mundo começara a se elevar. Eu mal tinha notado, obnubilada como estava da necessidade de tocar Liz, de que ela me tocasse, como se da sua mão saíssem o pão e a água, inclusive o ar que havia de manter-me viva, com ela tudo tinha se transformado em mim na asfixia de um desejo que me machucava, era a tensão do fio que nos unia enquanto eu me dilacerava pela separação que acreditava adivinhar assim que encontrássemos Oscar. Mas eu nunca tinha visto um arco-íris coxo nem a terra se curvar para cima deixando, para baixo, para trás, as pradarias que se estendiam com a graça suave de uns babados, ondas de flores violeta e amarelas e suas pequenas sombras; porque tudo começava a ter sombras, a orlar-se de contrastes suaves, e, acima e à frente, as garças e os biguás e os flamingos que eram prenúncio de lagoa: tudo, a própria vida, era um abraço tíbio naquela manhã.

Tudo que sobe também baixa, inclusive o planeta; eu acabei aprendendo e também aprenderam os pobres bois que não tiveram nenhum alívio, mais que puxar resistiam, tentavam olhar para trás, identificar a fonte do empuxo, acho que já sentiam a carroça como parte de si mesmos, mas então deviam estar sentindo que uma parte de si mesmos lhes caía em cima; quiseram escapar, trotaram até que ao lado da trilha começaram a aparecer os juncos agitando sua penugem. Paramos e os soltamos; Rosa começou um assado um pouco porque tinha fome e outro pouco porque os mosquitos e os bariguis estavam nos comendo e não nos ocorria nada além da fumaça para afugentá-los. Não havia mais nada até que apareceram os três apereás que Rosa caçou e então os gritos dos bichinhos, o horror nas patinhas que se estiravam tentando ferir o homem gigantesco, os corpos arqueados pela dor, nós fomos o Campo Mau dos pobrezinhos. Um instante depois, o cheiro da sua carne dourada pelo fogo e o apaziguamento do nosso estômago, ou seja, dos nossos corpos e almas.

Um voo errático

Assim como a paz veio com nossa saciedade, brotaram os cogumelos na terra molhada e os pampas continuaram se ondulando, e eu soube então que o ondulado parece se mexer, embora esteja quieto, e tem mais cores que o plano: a terra inteira era o lombo de um cachorro se espreguiçando, e a pelagem das suas alturas desemparelhadas se parecia com a água quando o vento agita seus reflexos. Se antes a vida do caminho me parecera celestial, agora variava do violeta intenso ao pálido, ao amarelo e ao laranja, ao branco, ao verde-claro e ao escuro para deixar ver, em certos momentos, os marrons, que eram poucos. Era como se a perna que faltava ao arco-íris tivesse começado a se derramar pelo chão e assim prosseguiu, cada vez com mais força, com mais precisão, como se as cores se definissem à medida que avançávamos e a própria terra voasse, já não feita de pó, mas de flores no ar; as borboletas, com seus adejares impetuosos, se movem como se tomassem impulso, depois vagueiam um pouco até ficarem quase imóveis e, quando parecem ser apenas um brinquedo do vento, começam outra vez. É um voo errático comparado com o dos pássaros, que, como se brotassem dos escarpados, começaram a abundar. A maior parte dos pássaros plana. Não batem as asas constantemente: compartilham a intermitência das borboletas, detêm suas asas, deixam-nas abertas, mas, ao contrário delas, mantêm uma trajetória harmoniosa, como se não lhes custasse nenhum esforço; os beija-flores estão no meio, entre os pássaros e as borboletas, por causa das cores, sim, mas também pelo seu modo de voar, elétrico, incessante. Talvez estejam mais próximos dos insetos. O ar era uma massa viva de animais, o zumbido das abelhas e das moscas, e os bariguis e os mosquitos eram sua respiração, e eu comecei a respirar com eles, abandonei-me nesse ruído grave que aumentava à noite por outro mais irregular, o do crocitar de tanto bicho barroso. Estávamos na zona de lagoas: a água duplica a felicidade como duplica tudo que espelha. E eu cheia de vida. Então seguimos viagem entre o barro e o ar, eu bêbada do cheiro das flores e do vinho do coronel; Liz havia decidido que levávamos demasiado peso; então nos concentramos em tornar a carroça mais leve e nosso ânimo ficou todo festivo, os fios da trama que nos unia pareceram redes, em que nos balançávamos cantando nas duas línguas e naquela que inventávamos entre nós três e que Estreya ensanchava com uns ladridos que pareciam procurar reproduzir a mesma harmonia.

Quase todos estavam nus e eram belos

Assim nos viram, como uma caravana regida por uma carroça com suas três pessoas, uma mulher, um homem e uma alma dupla, que cantavam em língua estranha, e um cachorrinho preto de olhos amarelos que intervinha também na canção com seus latidos e não desafinava quase nada. Centenas de vacas que marchavam como bailando, ao trote alegre as mais jovens, dando marradas umas nas outras, aparentemente desordenadas embora tendo a carroça como centro. Cinco belos cavalos que se sentiam livres para galopar aonde quisessem e voltavam depois a se aproximar das vacas e saíam outra vez correndo. Seis bois mansos e galinhas cacarejando numa gaiola na parte de trás da carroça, abaixo de um aparato que não conheciam e temeram que fosse uma arma, embora, claro, tanta festança não lhes parecesse muito militar; já conheciam a disciplina seca dos milicos, sua crueldade magra: a humilhação pressuposta por qualquer verticalidade.

Eles nos seguiram por um par de dias e logo percebemos. Percebeu Estreya, que ladrava para as árvores balançando o rabo, incapaz como é meu cachorro de supor que se pode esperar dos seres humanos algo diferente de refúgio, de comida, de brincadeira; percebeu Rosa, que é baqueano e sabe dessas coisas; e percebemos nós, que também os observávamos: não permitimos que o medo nos crescesse no corpo. Continuamos tomando vinho e cantando, cantando agora para os olhos que acreditávamos adivinhar em cada árvore: éramos apenas três, tínhamos de ir para onde íamos, não poderíamos atacar, nem sequer nos defender com êxito: tínhamos de cantar.

O deserto — eu sempre achara que era o país dos índios, daqueles que então nos miravam sem ser vistos — era parecido com um paraíso. Ou com aquilo que eu podia considerar como tal: as lagoas que jaziam nas partes baixas e as que subiam estavam, curiosamente, mais acima que algumas terras secas, as árvores se multiplicavam e eram tudo o que podia ser visto em muitas zonas, os pássaros cantavam aos gritos — não sei por que os pássaros gritam nem estou certa de que cantem, o único animal que eu posso jurar que canta é meu Estreya, mas então o que os pássaros fazem quando gritam, chamam os outros, mostram seus encantos para fazer mais pássaros, a vida tem um mecanismo complexo para continuar sendo: esbanja, a cruel, sua beleza, é sua forma de nos criar e nos matar, e assim cria a si mesma constantemente. Os pássaros voavam e era uma dança e era também seu modo de procurar comida: assim se jogavam as garças na água para tragar os peixes que as mantinham vivas e fazendo mais garças. Deve ter sido o vinho ou a expansão dessa segunda liberdade que eu estava vivendo, a partida da fazenda, ou as duas coisas: eu me pusera reflexiva. Não tínhamos nos encontrado com nossos gaúchos; não nos alarmávamos, eles tinham saído a cavalo, deviam estar a léguas de vantagem de nós até que parassem tempo suficiente para que os alcançássemos. Estávamos ansiosos para nos encontrar com os índios.

Primeiro os escutamos, depois sentimos seu cheiro. Cantavam, também, e faziam um assado: esse aroma nos guiou até uma planície entre serras altas, ao lado de uma lagoa azul-celeste, um campo de flores e lá estavam, alguns armados e vestidos com roupas de soldados, porém malvestidos, como se tivessem enfiado a calça no torso e o chapéu nas partes baixas; não lhes caía bem a roupa. Quase todos estavam nus e eram belos: altos e com as costas largas e as mandíbulas fortes, os olhos como riscos, como se o sol os alumiasse sempre com sua potência de meio-dia, a pele muito escura, cintilante, eles a untavam com gordura e a pintavam com desenhos brancos como fantasmas — de pó de osso eles faziam essa pintura —, com cocares de flores ou de penas e alguns, das duas coisas, e não pareciam escolher os adornos segundo o sexo como nós fazíamos; estavam reunidos em grupos pequenos em volta das fogueiras, comiam com a mão e com navalha, sorriam com dentes tão brancos quanto a pintura que recobria parte dos seus belos corpos, e eram muitos; as tendas se estendiam ao longe, resplandecentes também com a mesma gordura que usavam sobre a pele e que servia para várias coisas, como quase tudo entre os índios. Havíamos chegado num dia de festa: celebravam a plenitude do verão e, com ela, a beleza das flores e dos animais e a generosidade da terra que prodigalizava seus frutos sem pedir mais trabalho além do de estender as mãos para as árvores ou bolear algum dos muitos bichos que andavam dando voltas pelo chão ou flechar os peixes e os pássaros. Assim nós os vimos enquanto nos aproximávamos sem saber muito bem onde parar, não achávamos uma tenda mais importante que outra, pararíamos na primeira linha e depois iríamos a pé; estávamos decidindo quando eles começaram a parar e olhar para nós, e um grupo se adiantou. Não foram os soldados, e sim alguns pelados que tomaram a dianteira.

Houve um tempo seguramente breve, mas longo, feito de uma quietude curiosa, uma quietude de se observar: nós a eles e eles a nós, as vacas às suas vacas, meu cachorro aos seus, os cavalos a todos. Até que os pelados da dianteira de pelados começaram a cantar e caminhar: fizemos o mesmo, cantando também, caminhamos com os braços abertos, fizemos tudo o que eles fizeram e terminamos fundidos com aqueles índios que pareciam feitos de puro resplendor e cheiro de gordura e de kumbaru florido e de lavanda, porque era isso que eles colocavam na gordura que usavam, e então, quando abracei Kaukalitrán, penetrei ainda mais fundo no bosque que resultara ser Terra Adentro. Penetrei no verão. Nas amoras que pendiam das árvores vermelhas e cheias de si. Nos cogumelos que cresciam à sombra das árvores. Penetrei em cada árvore. E soube da volubilidade do meu coração, da quantidade de apetites que meu corpo podia ter: quis ser a amora e a boca que mordia a amora.

Não tive de esperar muito para conseguir isso. Ao abraço seguiram-se os beijos, senti a língua de Kaukalitrán penetrando cheia da sua saliva selvagem na minha boca, tinha gosto de piperina, de pata de xuri, de suçuarana, de umbuzeiro, de fumo de margarida doce, de cana e algo amargo que não consegui identificar. "Bem-vinda à nossa festa, minha querida mocinho inglês", ela me disse quando tomamos fôlego. Falaram conosco num castelhano prístino, falavam como Hernández, e é porque tinham aprendido a língua dos seus avós, que a haviam aprendido na fazenda de Rosas, o Restaurador, que tinha modos de realeza e havia tomado como reféns de um pacto de paz os filhos mais velhos dos chefes. Ou dos que ele acreditava serem os chefes, porque a nação Selk'nam mudava de chefes constantemente sem maiores conflitos, quero dizer, com conflitos menores que dirimiam a critério do conselho de anciãs — ou com a lança, se os conselhos não servissem. Haviam sido levados os primogênitos dos diplomáticos. Nossos índios não eram Selk'nam, tinham se mesclado com os Tehuelches c com muitos wincas, mas tinham escolhido recordar os avós mais austrais que tinham. Disseram-nos que eles eram o deserto e que nos abraçavam. Que vinham nos seguindo havia três dias, que bebêssemos e comêssemos e dançássemos em sua festa de verão. Kaukalitrán disse isso para mim, Catriel falou para Liz, e Millaray para Rosa. Falaram conosco olhando em nossos olhos, sem soltar nossas mãos, e assim nos levaram à lagoa, Kutral-Có, Água de Fogo a chamavam e em breve entenderíamos por quê. Nós seis nos sentamos sobre um tronco, eles comeram o chapéu dourado de um cogumelo de talo mole e o ofereceram a nós. Comemos também esses frutos amargos. Ninguém falou por um instante, até que Kaukalitrán fez um gesto que parecia abarcar a lagoa inteira, os outros dois começaram a rir e os flamingos se elevaram como uma só mancha rosa até o céu azul-celeste, deixando a descoberto a água, que não sabia de que cor ser, com tanto movimento. Para mim, a indecisão da lagoa foi engraçada, ri primeiro timidamente e depois às gargalhadas: Kutral-Có não sabe de que cor ser, está viva, a lagoa é um animal, olhe, Estreya, a irmã lagoa indecisa, chamava meu cachorrinho, olhe, Kaukalitrán, como meu Estreya tem o sol dentro dele, olhe, Liz, que formosa suçuarana é Kaukalitrán, olhe como corro sobre minhas duas patas de xuri, olhe como ninguém me alcança, Rosa, nem você com os raios dos seus potros, olhe, suçuarana, como te persigo, Kauka, venha, quero me banhar. Tirei a roupa e me deixei levar por Kauka que conhecia o barro da sua lagoa, a Kutral-Có da festa de todos os anos, mas não senti o barro; soube que estava pisando a língua desse animal que até então eu não sabia que era um animal, a lagoa tem fundo e borda de língua e a água é seu corpo e seu corpo está cheio de pedras e plantas e peixes e pedaços de árvores, e Kauka e eu, quando nos enfiamos em seu corpo, nos tornamos peixes, fiquei prateada e longa e fina como um surubi e como um surubi me cresceu a barba e eu a penteei contra o corpo de Kauka, que tinha se tornado plano e largo e plúmbeo como o de um pacu e lambi seu ventre dourado de pacu enquanto ela flutuava na água que já havia se decidido: era violeta então e tinha escamas amarronzadas como o marrom da sua língua, lambi a pança dourada do meu pacu, que se afinou e ficou todo pintalgado como um tigre e, já tararira, me mordeu como se eu fosse um anzol, me mordeu e ficou ali, como pendendo de mim, minha pescada; por sobre o ombro eu via de longe Liz, o vermelho do seu cabelo como um incêndio, estava nua também ela, estavam pintando-a com tinta marrom, eu observei como ela se tornava potra alazã, já a tinha visto assim, mas nunca pelada nas mãos de outro nem pelada eu no meio do corpo de uma lagoa e nas mãos de uma tararira, ri achando graça dessa nova perspectiva, Kauka também riu, o abraço sexual se desfez como se tivesse se dissolvido na água, nadamos até a borda, eu também queria ser quem era, queria na pele o desenho que me desnudasse, era uma tararira tigresa eu, ou era Kauka, dava no mesmo, resolvi, e me estendi na pastagem e me deixei pintar por uma xamã que tinha visto minha alma tararira e vi Liz outra vez potra e lambi suas costas e Liz me falava em inglês e me dizia tigress, minha tigresa, my mermaid, my girl, my good boy, minha gaúcha branca, my tigress outra vez, e nos deixamos cair no barro e conosco Kauka, e com Kauka, Catriel e em seguida Rosa e Millaray e nos contorcemos até ser tão sapos como os sapos que pululavam ao nosso redor e sapos copulamos ali naquele barro que parecia o princípio do mundo e como deve ter sido no princípio nos amamos todos sem pudores e não terminamos de nos amar porque os flamingos e aquele rosa infinito estavam voltando, como se Wenunpau, o céu do deserto, tivesse se comprazido em nos mostrar seu sangue luminoso; aquilo nos distraiu, tivemos fome e saímos correndo até o kutral, o fogo, todos marrons, mas tivemos de conter nossa urgência, só poderíamos comer depois de uma cerimônia em que o assador dividiu o xuri que estava no fogo em tantos pedaços quantas pessoas havia. Não guardou nada para si nem para o seu ajudante e Liz e Rosa e eu seguramos a fome para ver como os índios comiam e vimos que não se apressavam, que mostravam uns aos outros os pedaços de carne assada e então os que tinham recebido as maiores porções, o peito musculoso do xuri, pegavam uma faca e cortavam a melhor parte e a davam ao assador e ao seu ajudante e só depois é que soltavam as rédeas da sua fome imensa, e todos nos abandonamos às mordidas como suçuaranas mortas de fome. Jogamo-nos no pasto ao redor do kutral, estava começando a cair a noite e com a noite, como se sabe, vem o orvalho, e nos sentíamos terra chovida e alguém nos trouxe umas mantas feitas de plumas, a minha era rosa e eu dormi muito flaminga mirando o céu tão cintilado de estrelas de mãos dadas com Kauka e também com Liz, cujo anel atraía todo o leite da Via Láctea.

Acordei sozinha, um par de horas depois, sem saber com que me vestiria: minhas roupas de gaúcho gringo eram ridículas, mas eram as únicas que eu tinha, então voltei a Kutral-Có, banhei-me para tirar o barro que já me incomodava e me vesti, usando minha manta flaminga como poncho. Num kutral mais ou menos próximo do grande, a fogueira da comida — havia muitas, desenhavam uma espécie de céu no chão essas fogueiras —, estavam Liz e Rosa, os dois vestidos à maneira dos índios, com túnicas brancas de garça, douradas de escamas de peixe-rei e coloradas de capivara, tão belos todos, tão formosos como qualquer animal, como todos os animais, como aqueles dos quais tinham extraído suas vestes.

Não havia centro, já disse, nem uma ruka maior que as outras, mas pouco a pouco, e seguramente pela estranheza que nossa presença causava, foi se organizando a noite em torno ao nosso kutral. Rosa foi até a carroça e trouxe os presentes: desfrutaram, os índios, dos espelhos, e isso que poderia ter parecido um traço de parvoíce se tornou, aos meus olhos, completamente compreensível; miravam a beleza em seu reflexo, eram belos, inclusive os velhos e as velhas com seus sulcos de rugas feitas de sol e neve e seus cabelos brancos, inclusive as mulheres recém-paridas com seus peitos cheios, inclusive os homens vestidos de milicos, inclusive as milicas, pois entre esses índios, os meus, minha nação, os trabalhos se dividem apenas pelo critério da aptidão, do desejo e da necessidade, se houver.

Entregamos, também, o barril de cachaça e o que restava do vinho e os galos pretos que haviam nascido durante a última tormenta. Kauka os adorou e eu a imaginei plumífera, vestida de guerreira de azeviche, eu a vira tensionar seu arco perto de uma fogueira para dar têmpera à corda, forte e negra e salpicada de brilhos como a noite mais luminosa. Quando o kutral foi armado, aproximaram-se também os outros estrangeiros. As cativas inglesas, que andavam todas soltas e se puseram a intercambiar novidades com Liz: a vida da rainha, God save Her, os avanços das estradas de ferro, um seguramente lendário resfriado do rei, o poder das máquinas novas, a escravidão nas minas de carvão, a felicidade dos pastos de esmeralda da sua pátria, a força do mar que a lambia e a açoitava ao mesmo tempo. E, da vida nova, lhe contaram a liberdade, que ela já havia conhecido um pouco, que conheceria o restante e que não gostaria de voltar nunca aos colarinhos rígidos nem às pernas fechadas, nem sequer aos verdes prados da Inglaterra. Os cientistas alemães, que andavam juntando ossos como quem protege o corpo da luzerna, e se envaideciam dando seus nomes próprios aos restos de dinossauros para diversão dos índios, que começavam a chorar de rir assim que cada um mostrava os esqueletos chamados Roth, ou as mudas de líquens — as folhinhas delicadas enfiadas dentro de pedras tão transparentes como o anel de Liz — chamadas Von Humboldt. Os exilados da República Argentina, que não se aproximavam de todo, ocupados como estavam com suas conspirações — os índios os toleram embora não gostem deles, não gostamos deles, porque sabemos que com eles nunca conseguiremos obter mais que alianças fugazes, cheias de traição, sempre mutantes, mas ainda assim inevitáveis. E os gaúchos, que eram centenas: os nossos, os que tínhamos ajudado a escapar de Hernández, já vestidos como locais. E tantos outros. Dentre eles, um que se movia com delicadeza, fazendo bailar suas tranças longas e uma túnica de plumas tão cor-de-rosa como a minha e com um laço na cintura, já disse que entre os índios nem a roupa nem a forma de viver é determinada pelo sexo. Parecia uma china disfarçada de flamingo, notava-se um traço de macho numa sombra de barba e nada mais. Aproximou-se e eu soube que o que Hernández dizia era verdade: era Fierro, e mais que de ferro, parecia feito de plumas. Eu quis me afastar, mas atrás dele vinham meus filhinhos. Não posso dizer-lhes, não posso dizer a felicidade que meu corpo sentiu, a plenitude da minha alma quando afundei meu nariz na cabecinha dos dois e fiquei ali, mergulhada no cheiro dos meus filhotes. Estavam lindíssimos e me abraçavam tanto que eu tive de escutar Fierro. Os índios gostavam de histórias de amor e Fierro cantava tudo que acontecia com ele, e o que não acontecia também, era seu modo de ganhar a vida. Os índios sabem apreciar a arte tanto como Hernández, mas não andam por aí assinando livros com os versos dos gaúchos; Fierro já devia ter contado sobre nós dois e Raúl, e quem sabe quais outros versos. Eu o deixei se aproximar, deixei que ele se sentasse diante de mim com o violão e todos nós escutamos.

Ai, Chinoca da minha vida

Ai, Chinoca da minha vida!
Tanto eu pedi a Deus
Que nos reunisse, tu e eu
Para pedir-te perdão
E para fazer-te minha amiga,
Chinoca do meu coração.

Tu cortaste tuas tranças,
Eu as deixei crescer:
A vida nos dá surpresas
E sempre nos força a ver
Que o mal feito aos amados
Não pode ficar sem pago.

Eu te digo, Josefina,
Que lindo nome tu tens,
Sei bem que te fiz mal.
Tanto mal sofri também
Mas tu vais me perdoar
Quando me ouvir confessar.

Fui eu que matei Raúl,
degolei-o até deixá-lo azul,
E depois branco de morte.
Era bonito e era forte
Mas era mais meu facão
E havia perdido o coração.

Ele me trocou por ti,
Como herdeiro a bastardo
Como à bosta o gado
Como o xuri ao trigo morto
Como o ximango a uma flor
Como o porco a um forcado.

Eu te ganhei nas cartas
Enchendo o negro de cana
Até que perdesse a cor
Era um pardo mal parido
E não fui eu muito melhor
Mas afinal sou teu amigo.

Do mesmo jeito que me roubaste
Roubei Raúl do seu lado
Achaste que eram ciúmes
Mas sempre tive medo
De que contasse o entrevero
Do tempo que foi meu amado.

Depois quis ser cabal
Com casa, filho, mulher,
E quase estava arranjado
Quando me pegou o coronel.
Vil o exército foi,
Quase morro dessangrado.

Todo dia no batente
Pa' levantar-lhe a estância:
Dá-lhe arado e dá-lhe pá
Nunca um tempo de vagância
Nem pensar em se afastar
Porque te punha na corrente.

Rebencaços, pouco pão,
Não nos entregava os pagos,
E sim os dava ao Senhor.
E também um pouco de carne
Aos merdas de gaviões
Que lhe serviam de guardiões.

Estava magro, minha China
Como galgo de carreira
Em época de Quaresma:
Dizia que erguíamos a Argentina
O coronel do demônio.
Erguíamos era seu patrimônio.

Tão triste eu andava, querida
Que por fim comecei a cantar
O violão foi minha vida
E assim me fez conchavar
Para cantar à peonada
Cansada de trabalhar.

Comecei a passar bem,
Me respeitavam os mil
Gaúchos que estavam presos
Mas Hernández é ladrão
Começou a afanar meus versos
Fez lucro com minha canção.

Assinou com o nome dele,
E enfiou lá seus perigos:
Olha que eu o via cantar
"Faz-te amigo do juiz!"
De ninguém o juiz é amigo
E só obedece ao coronel.

Fui direto até o milico
Assim que soube do livro
Que o indigno me roubou:
Me fez estaquear por três dias,
Não me deu água nem comida
E nem sequer aí parou.

Vinha me perguntar
Se eu acreditava deveras
Que aqueles versos eram meus.
E eu garantia que sim
E que eram ruins as mudanças
Que lhe enfiara o infeliz.

Me fez dar tanto chicote
Que meu lombo estalou:
Começou a me sair o sangue
Como água de um manancial
O ladino ia me matar;
Quase me desconjuntaram.

Todo todo bordado de luz
chegou Cruz uma noite
e cortou o que me atava
pelo fio do seu facão
E livres fugimos os dois
Quando assomou a alvorada.

Me escondeu em uma tapera
Dormíamos com os cavalos
Pa' que ninguém nos achasse.
De noite ele saía à caça,
E de dia cozinhava
Só faltou que me amamentasse.

Me deu viscacha na concha,
Me fez escabeche de rato,
Guisado de preá e ximango,
Sopinha de osso de vaca,
Torta de ovo de nhandu,
E saladinha de umbu.

Como Jesus na tumba,
Me revigorei em dois dias,
E no terceiro me beijou:
Conheci sua amarga saliva,
E conheci mais, me montou.
Nunca mais quis outra vida.

O céu inteiro no meu cu.
Eu me entreguei inteiro,
Não quis mais aguardar
Quis dar-lhe uma chupada:
Comecei a abocanhar
E também a me libertar.

Não vou te explicar
A delícia de tê-lo
Inteiro dentro de mim:
Sua jeba um paraíso
Que me fez ver Deus
E agradecer-lhe o favor.

Por me ter feito nascer
Para sentir o prazer
De ser amado deveras
E ser deveras cravado:
Ai, Jesus, que maravilha
Como é tonto o cristão macho!

Quando chegamos aqui
Levantamos uma tenda
Como fazem tantos outros,
Com uns couros de potro,
Com sua sala e sua cozinha
Fomos felizes, eu e Cruz.

Mas Deus não nos quis
dar tanta felicidade:
apareceu a varíola
não nos deixou uma amizade,
não havia como vencê-la
e o bom Cruz ela levou.

De joelhos ao seu lado
Eu o encomendei a Jesus.
Faltou a meus olhos a luz,
Tive um terrível desmaio;
Caí como ferido de um raio
Quando vi a morte de Cruz.

Então já vês, minha China,
que me foi dado pagar
o mal que fiz pela razão
torpe que já explanei.
Nossos filhos procurei
e aqui mesmo eles estão.

Me perdoas, Josefina?

Os índios haviam se aproximado tanto de nós que nos espremiam: obrigaram que nos abraçássemos e ficássemos nesse abraço por um tempo. Quando disse que sim, que o perdoava, começaram os gritos, com aqueles cantos tão deles, fazem coros ululantes com distintas melodias. Dos gritos — levei alguns dias até entender essa música — passaram ao baile. Dançamos e foi de um dos meus saltos de flamenca, de tararira flamenca para ser exata, que vi Liz beijando um gringo que não podia ser outro além de Oscar. Não tive tempo de me lamentar: Kauka me levava outra vez para a lagoa, outra vez mergulhei e aprendi a nadar embaixo d'água com um canudinho na boca para tomar ar. A subir numa canoa e a remar e enfiá-la depois entre os juncos para que o vento nos balançasse como crianças. A ver o amanhecer de dentro, pois isso é vê-lo de uma canoa em Kutral-Có. Dormi com ela, em sua ruka, numa rede de couro que oscilava ao ritmo do meu corpo e do dela, tudo era um balanço ali nos seus braços. Os índios são seres de Mewlen, do vento, voei na minha primeira noite de ruka, comecei a me tornar índia resvalando contra o corpo de Kauka sobre as plumas quase vermelhas de tão cor-de-rosa, deixando-a penetrar-me com suas mãos de arqueira, ela é forte e é linda e eu a quero ao meu lado, ela me fez da sua tribo num tempo muito curto, quase o mesmo que me levara a ser família com Liz e Estreya e Rosa; ali entre os índios minha família aumentou com meus próprios filhos, Juan e Martín, com Kauka e suas filhas, Nahuela e Kauka, que também são minhas filhas hoje, e com os menos imaginados, Fierro e Oscar. Nossas famílias são grandes, não são feitas só de sangue. E esta é a minha.

Aprendemos a ser também de Mewlen, a armar as rukas de modo tal que abriguem e refresquem sem pesar e possam ser desmontadas e remontadas cada vez que quisermos sem muito trabalho, a pedir perdão aos cordeiros e jurar-lhes que nada deles seria sacrificado em vão e beber seu sangue mal haviam sido degolados, abraçando-os e falando devagar com eles em suas orelhinhas, pobrezinhos, para que morram amados, a cantar em coros que parecem gritos para os não iniciados mas que levam meses para aprender, a nadar na lagoa, a confeccionar vestidos de penas e a atirar com arco e flecha.

Despertei na ruka de Kauka e ela me ofereceu uma espiga de milho e um chá de piperina de café da manhã, com a boca e os olhos cheios de riso entregou-os a mim e me beijou e chegaram suas filhas e nós quatro tomamos café da manhã. Depois, já na segunda espiga, chegou o pai de uma das meninas e terminou de comer conosco antes de levá-las para ensiná-las a remar e a pescar na canoa, uma arte com lança que os meus dominam como se tivessem nascido para isto: com a maestria de um pato atravessam os peixes desde os cinco ou seis anos de idade. Kauka se foi, eu a vi ir embora vestida de milico e montando em pelo, toda ela um relumbrar de bronze sobre sua égua branca, era sua vez de montar guarda: entre nós, os Iñchiñ — este é o nome que nos demos —, os trabalhos se alternam.

Comecei a caminhar pelas rukas buscando a de Fierro e a encontrei, seu interior estava coberto de tapetes de plumas; meus filhinhos, e todos os outros filhos dele, dormiam sobre redes que pareciam asas, franguinhos eram os bebês na ruka de Fierro, que dormia ele mesmo sobre uma espécie de nuvem, um colchão de plumas brancas, vestido com uma túnica da mesma cor. Fiquei ali olhando para ele quieta como uma lebre deslumbrada, nunca havia imaginado que veria uma imagem tão angelical daquela besta. Comi outra vez com toda a sua família, que hoje também é a minha, com todos os filhos daquele que tinha sido meu marido e agora era a mãe amorosa de um monte de filhotes e me pedia perdão e me contava sua vida e sua dor pela morte de Cruz e seu amor pelo guerreiro mais formoso, nossa vida sempre estará entrelaçada, Josefina,

as novas artes que havia aprendido, a ginástica do coronel que
ele continuava fazendo todas as manhãs porque aquilo sim
era bom, Jose, era como aprender a escrever, os vestidos de
plumas de todas as cores que estava começando a engenhar
para o próximo verão, vestidos arco-íris, China, já pensou? E
as ganas que tinha de tomar conta de todas as crianças dos
Iñchiñ, não via dificuldade, eles se sentavam em suas pernas,
penduravam-se em suas tranças, diziam-lhe ai, mamãe, quero
um chocolatinho, brincavam com sua viola, faziam festa nos
cachorros, meu Estreya não se aguentava, sorria tanto que a
boca lhe chegava às orelhas e deve-se dizer que as crianças o
pegavam pelo rabo e o montavam como se ele fosse um cavalo.
Disse a ele, tenho que ir. Você vai ver a inglesa, mas a mim
não me engana, você está dormindo com Kauka. Leve seus
dois filhos, eles vão te ajudar. Então fui até minha carroça, a
que tinha sido minha, com meus filhos e o cachorrinho, tinha medo de ir sozinha; encontrei Liz e Oscar tomando o chá
de mãos dadas, os dois felizes de ter se reencontrado, She is
Josephine, ela me apresentou e ele me olhou e me abraçou e
me agradeceu for taking care of my beloved wife, me indicou
um assento e me deu uma xícara de chá. As crianças se grudavam às minhas pernas e Estreya não parava de balançar o
rabo de tão feliz que se sentia de estar conosco, ele mesmo
Iñchiñ desde esse dia. Rosa, que de tonto não tinha nada, apareceu também e se somou à cerimônia do chá. E Oscar nos
contou parte da sua história: havia conhecido, ele também,
Hernández. Não tinha ido à sua fazenda mas a uma vizinha,
porém o Coronel fora visitá-lo, o velho adorava falar inglês e
não tem tanta oportunidade ali nos pampas, então o escutou
e o convidou a tomar uísque para fazê-lo sentir-se em casa.
Escutou-o de verdade, propôs a ele que trabalhasse de capataz

em sua estância, contou-lhe da indústria do campo e do progresso dos pampas, falou das estradas de ferro que seus compatriotas, "vocês", fariam chegar aos confins da Argentina, do concerto das nações, do fim da fome do mundo que começaria ali, ali mesmo onde os dois estavam sentados, voltou a dizer batendo o pé no chão para a perplexidade de Oscar, que desde que havia chegado ao país só via gaúcho com as costelas quase descarnadas e a pança inchada. Disse também que haviam vendido fumaça ao seu Lord: a terra que tinha assinalada no mapa ainda era dos índios, não seria fácil estabelecer uma estância ali, além disso não serviria para mais nada além de criar cabras, gargalhou o milico, que Oscar era um homem livre disse também, que fizesse o que quisesse, que a Nação Argentina não ia prender um súdito da rainha, que à alvorada ele voltaria à sua fazenda e Oscar podia voltar junto ou ir aonde quisesse. Abraçaram-se como irmãos e combinaram de sair juntos no dia seguinte. Quando Oscar se aproximou da carroça do coronel o viu roncando, e gritou até que o despertou, o velho olhou para o inglês e não se lembrou dele nem da sua conversa nem provavelmente de nada da noite anterior e determinou um dia de estaca por tê-lo importunado. Oscar soube que tinha de fugir e se preparou. Levou uma semana para se recompor da ressaca e da estaca, para fazer provisão de um par de escopetas e um pouco de charque e planejou a fuga: cortou o arame do cercado dos cavalos e fingiu que os perseguia com os gaúchos. Como pôde, montou no pelo de um, enlaçou outros dois e assim se foi, ladrão de três cavalos do Exército Nacional Argentino. Não foi o único que aproveitou a boleada, claro, embora se considerasse o único gringo desertor, e foi direto até os índios. E aqui estava certo de que Liz, ele também a chamava de Liz, saberia chegar; She is not only beautiful but bright and brave, disse e voltou a beijá-la. Ela me tomou pelas mãos e se emocionou; porque eu havia encontrado meus filhinhos, disse, que ela sabia que eu tinha sentido tantas saudades deles, disse também. Mentia, eu só tinha falado deles de passagem, creio que procurava uma desculpa aceitável aos olhos de Oscar para me tocar e emocionar-se em paz enquanto olhava para mim. Devolvo-lhe o anel que foi da sua avó, voltou a mentir, e pegou minha mão e da mão o dedo maior do qual tanto havia gozado e o acariciou enquanto me colocava o anel e eu senti como se o brilho da Via Láctea me penetrasse direto no espaço em que fica o coração, e Liz me deu um beijo nos lábios e quase foi como quando eu tinha me casado, só faltou a bênção do padre, mas Oscar representou um pouco esse papel, ele me beijou também e me disse que sua família era minha família e que a minha era a sua e começou a brincar com meus filhos em inglês, eles já se conheciam e o entendiam bem. "Como terminou tudo tão bem", disse Rosa, e escutei um suspiro polifônico: então me dei conta de que havia vários índios escondidos olhando a cena como se soubessem. Saberiam? Como os índios gostam das histórias de amor, como as desfrutam; naquela mesma noite Liz começou a ler para eles uma tradução de *Romeu e Julieta*. Não a deixaram ir dormir até que terminou. Vocês tinham de ver esses guerreiros, heroicos e valentes como quase nenhum outro povo, chorando durante horas pela morte dos amantes.

Naquele mesmo dia houve outra cerimônia de cogumelos, conheci outras mulheres. E vários homens Iñchiñ enfronhados em peles de cordeiro: tudo ficava guardado e ademais, se não fosse assim, teríamos tantos filhos que não sei o que comeriam. Consegui voltar à ruka de Kauka ainda transformada em suçuarana: fui em quatro patas, grunhindo, e me detive e rugi nessa rede até que se levantaram todas as plumas, tinham subido rápido e as vi baixar como flutuando, muito devagar, quando meu corpo já não suportava mais nem um só êxtase. A festa do verão dura quatro meses, havíamos chegado no último e durante todos aqueles dias eu conheci a vida Iñchiñ em seu maior esplendor; já me fizera do ar no deserto como se tivesse sido uma preparação para me tornar Iñchiñ, eu acreditava que estava me tornando inglesa, mas não: não é do ar da Inglaterra, não é da luz; é das entranhas da terra que sai o ferro e apura o movimento do planeta. No meu povo Iñchiñ me fiz também da água porque Nós somos primeiro do vento; do rio fomos nos tornando naquele verão de festa e de ameaça de winca. Sabíamos dos planos argentinos pelo que o coronel tinha nos contado, e nossos irmãos o sabiam pelos jornais que conseguiam cada vez que iam aos povoados para trocar suas penas e seus couros por tabaco ou por bebida ou por espelhinhos ou por seja lá o que tivessem ganas de ter. Kauka, por exemplo, tem na sua ruka um secretaire e uma cadeira: lá escreve seus poemas e as cartas de negociação dos Iñchin. Nesse ir e vir de cartas e mensageiros, no que recordávamos do que tinha nos contado o coronel nas notícias dos jornais, acreditávamos que o avanço argentino seria a ferro e fogo: os charcos se inundariam de sangue.

O que falta são armas

O outono nos encontrou marchando. Somos um povo de carroças minúsculas que podem ser puxadas por um só cavalo sem perder velocidade, a gente que se move como o vento, de tão leves que somos: não queremos aplastar o que pisamos. Discutíamos toda noite o que fazer, quando fazíamos do chão um céu com nossos kutrais. Era possível enfrentar o winca, coragem não nos faltava. Nem wincas que sabiam lutar como wincas. O que falta são armas, objetavam Oscar e Liz e todos os estrangeiros, para pesar dos guerreiros e dos dissidentes argentinos e para alegria das velhas e dos velhos, que sabem o valor da vida porque ela começa a ser valorizada mais ainda quando se está em seu limite. A decisão foi sendo tomada: e foi fazer-nos da água, partir em direção ao ouro vegetal das ilhas, a Y pa'û, que fica ao norte e ao leste, onde o verão é muito longo e kuarahy, o sol, brilha mas chega ao chão inquieto e roto de sombras, orlado de folhas, quase feito planta; os pirás saltam como raios nos lombos suaves do Paraná e as centenas de ysyry entram e saem do seu leito escandaloso, os pássaros nunca vão embora, os ype nadam com seus patinhos em fila, os guasutí têm patas gordas e são mansos porque ninguém os caça quase nunca e os kapi'y trabalham incansáveis com suas patinhas, e remamos e organizamos corridas e campeonatos o ano inteiro para alegria e fortalecimento dos corpos jovens e velhos, de mulheres e varões e almas duplas. As terras de Y pa'û são ricas, embora dificilmente cultiváveis, e os argentinos são vagos: acreditamos que iam nos deixar mais ou menos em paz até que encontrassem o que semear fácil no tuju coberto de montes. Nós, os Iñchiñ, nos tornamos um povo marinheiro e aprendemos a conviver com os guaranis das fronteiras: o sapukai de Rosa o converteu em embaixador, e os cogumelos e a festa — chamam-na vy'aty, e também nós estamos começando a chamá-la assim, eles nos chamam Ñande — encantam também a eles.

Agora, o som da água, a ressaca da maré são nossa música e cuidam de nós: nossos rios estão vivos e os riachos são animais, sabem que vão viver conosco, que matamos só o que comemos e que nossos bons touros crioulos e nossas boas vacas são nosso meio de vida, tudo o que pedimos deles é que vão e venham como quiserem nas ilhas e que comam e que caguem, que também eles são Iñchiñ. Nosso trabalho é pouco e feliz, embora não isento de esforços: construímos wampos para os quais levamos nossas vacas mal começa a subir a maré; quando há inundação elas flutuam quietinhas, amarradas aos galhos dos yvyra, vocês tinham de vê-las ali em cima quando a água baixa de repente e algumas ficam enredadas, marrons como frutas olhando entre as folhas dos salgueiros com seus olhos mansos mas sempre surpresos, seguramente deslumbradas por essa visão aérea do mundo, uma visão à qual nunca terminam se acostumando, e isso as leva a queixar-se suavemente, como com medo de que um mugido forte as lance ao chão. Descê-las das copas sem machucá-las é um trabalho no qual nos tornamos especialistas, nós o fazemos com tanta leveza e suavidade que as reses parecem bandeiras arriadas, elas flamejam no ar em sua descida e o preenchem de mugidos perplexos.

Cultivamos andai e merõ, melancias e yvy'a e outras plantas, que usamos não para acompanhar nossos pratos de guasutí nas poucas vezes que os caçamos, nem de rês nem de pirá, e sim para pensar. Ou para ter força. Ou para rir. Nós as cultivamos em wampos que enchemos de terra e também prendemos aos troncos.

Nas ilhas a luz é dupla

Acontece que o campo vai se embarrando até se desbarrancar num juncal que coaxa e pia, o ar canta nas margens e é sulcado pelos guyrá, é um luxo ao qual se dão os pampas margeados, as vacas se banham quando são gentilmente persuadidas e a terra emerge outra vez de baixo do rio e deve ser a mesma terra mas emerge cheia de árvores, as raízes se mostrando ali na margem. Montamos as rukas a certa distância da margem, os rios dos pampas são de cheias ferozes e silenciosas, você amanhece coberto de água de repente se não conhece os ruídos e as manhas das enchentes e vazantes mais ou menos entusiasmadas dos ysyry.

Quando chegamos à outra margem, ali onde os pampas se afogam, alguns cruzaram o rio a nado, aqueles que tinham escolhido os mais austrais como seus ancestrais, os que recordariam rápido a técnica das canoas. Nadaram nus e do lado do continente fizemos um campeonato de lançar machados para voltear as árvores que tivemos de derrubar com muita pena, agradecendo por suas vidas, as vidas que tomamos para fazer balsas: dessa maneira fomos nos tornando da água, tornando-nos também da madeira. Oscar estava entre os que nadaram: entendiam de canoas, mas não entendiam nada das balsas dos Selk'nam. Pegaram a ideia com rapidez, ah, wampos, disseram e fizeram balsas pretty much better than ours, darling, explicava a Liz. Foram as primeiras, as que usamos para cruzar os bois, alguns bois, bois mansos, os que puxaram os wampos seguintes — e precisam ser puxados quando suas patas afundam no barro —, bois lindos, nossos queridos bois, os que cruzaram tudo o que tínhamos nas carroças. Aprenderam fazendo e o que se seguiu foram as wampo-rukas: vivemos em casas que flutuam na água, nós as amarramos com poderosas cordas feitas de couro, não há maré que nos inunde, Nós subimos com a água cada vez que o rio sobe e baixamos quando baixa e às vezes baixa tanto que terminamos quase mergulhados no barro, carne de mosquitos nós somos, ou melhor, seríamos se Liz não tivesse ido à aldeia comprar tule, foi com suas vestes inglesas, não explicou nada, limitou-se a mostrar um pedaço do tecido e a pedir tanto que ficaram, os argentinos, perguntando-se o que a gringa poderia estar fazendo; quando a perturbaram muito, disse no pior castelhano do qual foi capaz algo como wedding dresses, noiva, vestidou, e ficaram mais conformados, imaginando o desembarque de uma legião de gringas para se casar com eles, para melhorar a raça. Então às vezes amanhecemos mergulhados no tuju e em outras sobre as copas das yvyra e onde havia ilhas não há nada além do Paraná, esse animal que gosta de viver em partes, assim como nosso corpo tem partes e há entre elas um espaço, mas o rio às vezes gosta de se juntar, de sair de si como se houvesse algo fora de si, como se as ilhas não fossem parte das suas entranhas, são parte, e então quando ele se lembra disso amanhecemos sobre as árvores, como os biguás agarrados nos paus das rukas e os troncos arrancados pela corrente golpeando-nos ou formando diques, e outras vezes isso que costuma ser o lombo do Paraná amanhece feito um jardim, dormimos sobre essa escuridão que reverbera de lua e despertamos rodeados de aguapés, uns repolhos verdes cheios de flores muito roxas que se recortam com força nesse verde que existe talvez apenas no trigo e apenas lá nos prados da Inglaterra, porém mais rico: um verde formoso, vivo, de mil matizes, tantos que apenas uma palavra não alcança para contê-los, então começamos a inventar outras para nomeá-los. Usamos as palavras guaranis, aky para a cor tenra dos brotos, hovy para o quase azul de toda a folhagem quando a noite se aproxima, hovyũ para a intensidade de quase tudo no verão, e estamos procurando os nomes para a cor seca dos juncos que no entanto estão sempre molhados, para o dorso prateado das folhas dos salgueiros, para os camalotes e os aguapés que cobrem o lombo do Paraná e seus ysyry, para os pastos escuros que crescem sob as árvores, para o ita poty que deixa a umidade em toda parte, para as plantas semelhantes a pratos verdes com pequenas boias nos talos e nas raízes, pratos fortes que podem abrigar víboras ou suçuaranas porque também elas viajam pelo rio e pelos riachos sem querer viajar, o Paraná as baixa quando baixa com força desse Norte que é dos guaranis e um pouco também nosso desde que começaram a nos chamar Ñande além de Iñchiñ e que vamos explorar logo que terminarem as tratativas com eles, as negociações são longas vy'aty que terminam em novos parentescos, num Nós engordado. Vamos subir em wampos, alguns, e nos ysyry: não é possível ir contra o Paraná, é um rio poderoso, enorme, não se pode subi-lo nem baixá-lo quando ele não quer. É preciso seguir sua corrente, é preciso ir para onde ele for. Ou tomar outro caminho, remontar nossos riachos; os ysyry são caminhos menos poderosos e não são sulcados pelas máquinas de guerra. Não se pode fazer a ñorairõ até que se esteja pronto. E nos faltam armas.

A contemplação das árvores

Ninguém trabalha todo dia nas Y pa'û: fazemos turnos, trabalhamos um mês dentre três. Nesse mês, cuidamos para que nossas vacas não fiquem atoladas no tuju e, se elas atolam, todos nós ajudamos; montamos guarda para que as marés não nos surpreendam, exige um pouco de tempo dispor as vacas sobre os wampos, deixar pasto e água para elas ali em cima, acalmá-las até que aceitem a quietude necessária para conservar o equilíbrio, subir ali com elas e acariciá-las para que voltem a respirar como se estivessem num prado cheio de tenras pastagens. Nossas plantas também estão montadas em wampos: são balsas enormes, com paredes de contenção e cheias de terra, apenas para que não flutuem, o suficiente para que as raízes possam se expandir. Os que não estão trabalhando passam o dia contemplando as yvyra, não nos cansamos de nos estender no chão para observar os jogos de luz e sombra no vaivém dos seus ramos, as bordas orladas de um resplendor que na Inglaterra — Liz já não é inglesa, mas não esquece — só se vê nas igrejas, nas auréolas dos santos: nossas folhas, as das nossas yvyra, nosso matagal inteiro, são um prodígio de santidade vegetal.

Se acordamos cedo, amanhecemos dentro de uma nuvem, a que baixa do céu e se levanta dos rios e riachos de madrugada, a tatatina do Paraná: uma nuvem que não nos deixa ver mais nada além das suas entranhas luminosas e opacas ao mesmo tempo, uma nuvem impossível, como pode algo luminoso ser opaco? Numa nuvem assim vive Londres boa parte do ano, só que a de lá é rosada pela fumaça dos motores das suas máquinas e a nossa é branca como um osso de Deus Nosso Senhor. A tatatina impõe uma forma de quietude: a única coisa que fazemos é esquentar água para preparar nossos mates e nossos chás, douramos as espigas de milho para as crianças, nossas mitã, que costumam saber quem são seus pais mas vivem com todos, todos cuidamos delas e elas vão e vêm de ruka em ruka embora guardem suas coisas em alguma específica. Nós mesmos também vivemos assim: eu, na casa que já é minha com Kauka, mas posso dormir e amanhecer em qualquer outra, onde me surpreenda o cansaço, onde me renda o sono pela noite; se não é ao lado da minha guerreira, pode ser ao lado de Liz que me recebe muitas tardes com seus curries e suas histórias, e muitas noites me retém na sua cama, ao lado de Rosa que ensina às mitã a domar cavalos com seu método, ou ao lado de Fierro, com meus filhos e os seus, e com essa mania de escrever que tomou conta de nós: durmo com meus amores, saio com Estreya depois de escutar os cantos, depois dos jogos, depois de fumar ou beber as ervas que cultivamos porque nisto sim trabalhamos todo o ano: em provar seu sabor e seus efeitos à medida que as vamos mesclando, que lhes enxertamos outras, que criamos novas plantas.

É por isso que temos um floripôndio com gosto de narã e amora, essas árvores frutíferas crescem como mato em Y pa'û, um chá que primeiro cega e logo depois penetra no mais íntimo da sua alma, um chá que pode levá-lo ao centro do raio divino e dali deixá-lo ver como o mundo inteiro é um só animal, nós e as folhas dos ypyra e os surubis e os tachãs e as girafas e os mamboretás e o mburucuyá e a jaguatirica e os dragões e o micurê e o camoatim e as montanhas e os elefantes e o

Paraná e inclusive as estradas de ferro inglesas e os campos gigantescos que os argentinos devastam. Também fumamos uma erva que tem gosto de si mesma, da sua flor doce e áspera, e também de pão defumado e de chipa e de marmelada de limão e de narã, a laranja amarga das ilhas, uma erva que cura as dores e dá calidez aos nossos olhos, torna o mundo um lugar amável e os outros, companheiros para compartilhar as gargalhadas, a erva vy'aty. Temos os cogumelos que fomos enriquecendo com sabores que matizam seu amargor: marmelo, tararira, flor de camalote, aguapé, alface silvestre e fresca, água pura do Paraná, merõ, curry. Os cogumelos são plantas sérias, são plantas para comer em cerimônias, nunca sozinhos porque são as plantas que o solo nos oferta e que vêm do seu ventre, e nesse tyeguy da terra estão a vida e a morte revoltas e juntas misturando-se uma à outra: com os cogumelos podem aparecer os deuses, pode acontecer que você estenda o corpo e não veja a ponta dos seus pés e muito menos possa tocá-los, pode acontecer que se rompa a separação que existe entre cada homem e todos os demais, pode acontecer que o diabo se intrometa e você caia no inferno. Dos cogumelos se sai outra pessoa, a mesma mas transformada, os cogumelos agregam perspectivas divinas aos homens e essas perspectivas, mais além da vida e da morte, podem aterrorizar. Ou libertar. É preciso que uma xamã esteja por perto para tomar os cogumelos. Temos rukas e wampos especiais para comê-los, temos xamãs sempre prontas para conduzir as viagens dos visitantes menos experientes. Temos, também, uma planta da qual não gostamos muito, mas que cultivamos porque necessitamos dela: mastigamos suas folhas em tempos ruins, quando as marés ou as guerras nos obrigam a trabalhar o dia inteiro ou a noite inteira. São os tempos dos chefes e das chefas, sempre temos alguns, também se alternam e na maior parte do tempo não fazem nada, mas em épocas de crise eles mandam e é preciso obedecê-los até que tudo passe. Kauka é uma deles, tem uma divisão junto com Air, um inglês que passa o dia pescando à toa e cantando limericks o resto do tempo. Na minha nação, nós mulheres temos o mesmo poder que os homens. Não nos importa o voto porque todos votamos e porque podemos ter tanto chefes como chefas ou almas duplas mandando. A própria Fierro, que aqui nas ilhas tomou o nome de Kurusu — nome de mulher em guarani e homenagem àquele que a tornou fêmea, significa, isso mesmo, Cruz —, Kurusu Fierro foi chefa em tempos de guerra com os Guaranis, no início, quando não queriam nos aceitar como vizinhos e ainda não haviam vindo a nenhuma das nossas vy'aty nem tinham experimentado nossos cogumelos, marangatu como eles dizem. Eu mesma, que posso ser mulher e posso ser varão, tive de dirigir as manobras de várias marés colossais e de algumas escaramuças com os argentinos que temiam que não os deixássemos navegar seus grãos e seus couros por nosso Paraná. Kauka, que é uma dos nossos guerreiros mais valentes e sábios, liderou batalhas cruentas, dessas que enchem as ysyry de corpos que a água se encarrega de expulsar ao mar assim que pode, porque quer que sejam pérolas esses que foram seus olhos.

De outra forma, nosso tempo é só nosso, salvo esse mês de cada estação em que temos de trabalhar. Nos outros dois, fazemos campeonatos de subir nas árvores, de laçar dourados quando voam sobre o rio, de fazer bonecos ou deuses com juncos trançados, de contar e cantar histórias de amor e de guerra e de remo. Rosa, Liz e eu somos os mais rápidos: o gosto de andar juntos pelas trilhas penetrou nossa carne, nós três remamos entrelaçados pelo Paraná e suas ysyry, e assim entramados ganhamos todos os campeonatos de corridas de wampo carregado de Y pa'û. Treinamos quase todas as manhãs, quando não é nossa vez de trabalhar e quando não chove muito, mas às vezes também treinamos debaixo de chuvas torrenciais: competimos em corridas de wampo carregado e molhado. Somos imbatíveis e por isso somos nós que levamos os animais e as plantas quando migramos: os três na retaguarda, cada um no seu caiaque, as rukas num wampo minúsculo à noite, Rosa acalmando as vacas e nossos bois mansos que já não transportam nada e gozam da mesma vida leve que todos, eles também Iñchiñ. Oscar e Kauka vão na frente, comandam a frota de caiaques cobertos de galhos que são a vanguarda da nossa migração, a garantia de que não nos aguardem surpresas desagradáveis. Navegamos lentamente, esperamos que as correntes nos favoreçam, paramos nas ilhas quando encontramos árvores frutíferas ou os dourados e os outros pirás saltam com mais entusiasmo no lombo dos riachos ou quando vemos as abelhas suspensas no ar. Nós nos reunimos com nossos outros amores, dormimos com eles nessas noites calmas; e nos prendemos aos troncos mais fortes quando vêm as tormentas e entre os troncos resistimos às correntezas os três juntos, com Estreya acariciando os animais.

Vocês tinham de nos ver

Vocês tinham de nos ver, tinham de ver nosso barquinho a vapor, nossos wampos de vacas, nossos wampos de rukas, nossos wampos de cavalos, nossos wampos de ervas curadoras, todos ladeados de canoas e caiaques, nossa nação migrando lentamente pelo Paraná e suas ysyry: um povo inteiro avançando em silêncio sobre os rios limpos, sobre os rios que respiram a paz das suas cheias e vazantes, dos seus peixes bigodudos, do tuju pegajoso dos seus leitos, nossos rios que sabem mostrar e ocultar as raízes das yvyra nas bordas das suas ilhas, nossos rios cheios de flores que flutuam no seu lombo como os bagres esgaravatam o limo do seu fundo, nossos rios de pirás saltadores, de dourados que emergem com a força enorme dos seus corpos como se as entranhas dos rios explodissem de sol. Vocês tinham de nos ver, sim, nós os Iñchiñ, os Ñande migrando em silêncio, remando com amor porque só com amor enfiamos nossos remos no corpo do Paraná que nos empuxa, vocês tinham de nos ver com nossas rukas emplumadas se agitando ao vento, calados e calmos, com nossa pele pintada dos animais que também somos, dirigindo-nos para o Norte. Vocês tinham de nos ver, mas vocês não vão nos ver. Migramos no outono pelos rios não navegáveis para os barcos dos argentinos e dos uruguaios. Migramos para não passar frio, para nunca estar no lugar que esperam que estejamos. Migramos quando a névoa, a voraz tatatina do Paraná, traga tudo, quando os amanheceres são de uma cegueira branca e só se pode distinguir uma coisa de outra pelo som, caso sejam coisas que façam barulho: o tom grave da água batendo na ilha, os golpes ritmados de remos no rio, os chiados e trinos agudos das guyra e os latidos próximos e remotos de todos os cachorros da ilha e de outras ilhas mais ou menos próximas. A tatatina indica o início do outono e a hora de se mexer, e nos preparamos em poucos dias, em menos de uma semana estamos todos em cima de wampos cobertos de galhos e com colônias de juncos em cada um dos seus longos lados, fingimos ser montes, ser margem do Paraná, e vamos penetrando essa nuvem que traga o solo e o rio: primeiro vão as canoas, elas desaparecem na névoa, depois as rukas com a gente e as crianças, mais atrás as plantas e no fim os animais. Vocês tinham de nos ver, mas não vão nos ver. Sabemos ir como se o nada nos tragasse: imaginem um povo que se esfuma, um povo do qual se pode ver as cores e as casas e os cachorros e as vestes e as vacas e os cavalos e que vai se desvanecendo como um fantasma: perdem definição seus contornos, brilhos suas cores, tudo se funde com a nuvem branca. Assim viajamos.

Agradecimentos

A Ana Laura Pérez.
A Gabriela Borrelli Azara, Mario
Castells, Alejandra Zina, Julián López,
Selva Almada e Silvana Lacarra.

PRIMEIRA PARTE
O DESERTO

Foi o brilho — *9*

A carroça — *13*

Do pó viemos — *15*

A China não é um nome — *17*

Tudo era outra pele sobre minha pele — *20*

Sob o império da Inglaterra — *22*

Mesclados os dragões com meus pampas — *26*

À mercê dos carcarás — *29*

Afundei na merda distraída como estava — *32*

A luzerna é luz de osso — *35*

A senhora me cura, dona, tenquiu — *36*

Por força da força — *41*

Isso também se come e se bebe com scones — *44*

A ciência inglesa — *49*

Ficavam suspensas no ar — *53*

Selamos animal por animal — *58*

Sina de órfão — *62*

Queimava pontes — *67*

Um profeta do pincel — *71*

SEGUNDA PARTE
O FORTIM

Um conjunto vistoso — 77

A poeirada pode parecer estática — 79

Ai, my darling, ande, ande — 81

As cores se desprendiam dos seus objetos — 83

Gozar também — 87

Pernas trançadas — 90

Uns Habsburgos atarracados e negros — 99

Guasca e rebenque — 104

That strange gaucho who believed he was a writer — 108

Ponche e uísque — 114

Que puta mais cadela que você é — 119

Adeus, Coronel — 123

TERCEIRA PARTE
TERRA ADENTRO

Cintilavam como espuma — 129

Como se a Via Láctea começasse ou
terminasse ali nas suas mãos — 131

A terra coaxava — 133

Um voo errático — 135

Quase todos estavam nus e eram belos — 137

Ai, Chinoca da minha vida — 147

O que falta são armas — 159

Nas ilhas a luz é dupla — 162

A contemplação das árvores — 165

Vocês tinham de nos ver — 170

Este livro foi composto em Fairfield LT Std no
papel Pólen Soft para a Editora Moinhos.

*

Era maio de 2021.
Não havia palavras para definir o que acontecia no Brasil...

*

Ao fundo, um vinil tocava *Dança da solidão*, de Paulinho da Viola.